Exílio:
As Histórias da Grande Peste

SAMUEL REIBSCHEID

Exílio:
As Histórias da Grande Peste

Ateliê Editorial

Copyright © 2007 Samuel Reibscheid

Direitos reservados e protegidos pela Lei 9.610 de 19 de fevereiro de 1998.
É proibida a reprodução total ou parcial sem autorização, por escrito, da editora.

Dados Internacionais de Catalogação na Publicação (CIP)
(Câmara Brasileira do Livro, SP, Brasil)

Reibscheid, Samuel
  Exílio: as histórias da grande peste / Samuel Reibscheid. – Cotia, SP: Ateliê Editorial, 2007.

  ISBN: 978-85-7480-364-7

  1. Contos brasileiros 2. Crônicas brasileiras I. Título.

07-6411   CDD-869.93

Índices para catálogo sistemático:
1. Crônicas: Literatura brasileira   869.93

Direitos reservados à
ATELIÊ EDITORIAL
Estrada da Aldeia de Carapicuíba, 897
06709-300 – Granja Viana – Cotia – SP
Telefax: (11) 4612-9666
www.atelie.com.br / atelieeditorial@terra.com.br

2007

Printed in Brazil
Foi feito depósito legal

Sumário

Introdução 9

Peste, Proêmio 17

Polifonia 63

Dotô Mocinho 73

Novos Tempos 81

Garrote Vil, Século XXI 91

Antes que Chova 97

Um Caso de Amor 107

Garrafada, Praça da Sé 115

Primeira Lei 119

Depoimentos 123

Narciso 129

Auto da Fé em São Paulo 133
Meu Ursinho de Pelúcia 139
Lena 143
Isaura 149
Irmã Dolores 155
Burguesíadas, Monólogos Esquizofrênicos 159

Introdução

Coisa envolvente é a peste. De origem indefinida, atinge tudo e todos, sem predileções ou escolhas. Ela não veio nem vem. Ela está. Sempre esteve. Não há antes ou depois. É agora.

Misteriosa e irracional, mistura-se com lembranças imemoriais, terrores infantis, pavor da escuridão, pesadelos mal resolvidos. Medo de uma criança, em meio à multidão, de perder-se da família. Seu nome remete a ratos, ratazanas, espiroquetas, histórias de epidemias de cólera e de navios à deriva. Mortes coletivas. Fugas por um campo congelado.

Como esquecer a dramática narrativa de minha mãe, imigrante oriunda de uma remota aldeia, de um surto de raiva provocado por uma loba empestada e esfomeada que invadiu a periferia da sua aldeia natal numa distante e improvável Polônia e mordeu todos que se aproximaram? Foi uma sucessão de mortes. Meses a fio eu sonhava com aldeias dizimadas, bandos de pessoas em andrajos babando saliva espessa, arrastando-se em busca de água ou de um monte de palha para dormir o sono final.

Peste negra, peste branca, a *tisis*, a tísica. Peste. Está. Será que veio? Vai acabar? O Holocausto também é a peste? A ordem social pode ser empestada?

As coisas são irracionais e passamos a vida inteira tentando ordená-las. Ou serão as coisas alucinatórias? Gosto desta palavra – alucinatória –, alguém assim classificou algum de meus textos: alucinatório, o autor é alucinado, como se dissesse: o cara é louco! O bom Pascal disse que as pessoas desprezam aquilo que não compreendem.

Alucinados são os fatos. Como imaginar que um médico meu contemporâneo, sujeito absolutamente normal e profissional qualificado, no momento em que se viu dono de uma companhia de atendimentos médicos, herdado e havido de rico e diligente sogro, para aumentar os enormes lucros que auferia, fazia os doentes mais graves e custosos percorrerem de ambulância a cidade, de alto a baixo, em busca de uma vaga hospitalar sabidamente inexistente, até que o doente morresse? Assim ele economizava os custos que teria para tratar esses seres. Gastavas apenas a gasolina.

Eu soube de pelo menos dois desses doentes que fizeram périplos de mentirinha numa moderníssima e reluzente ambulância que corria pela cidade em busca de uma vaga hospitalar inexistente: as famílias ficaram gratas com esse médico e sua organização "pelo carinho e dedicação dos profissionais envolvidos". A viúva de um dos doentes chegou a escrever para conceituado diário desta capital, louvando os médicos e a companhia – o doente era um queimado. Morreu no segundo dia e 445 quilômetros de pseudobusca. O outro morreu em choque após infarto do miocárdio enquanto o motorista da ambulância que o transportava parou e, acompanhado da enfermeira, foram dar uma rapidinha num motel. "Apenas para passar o tempo, senão o gajo chegaria vivo a algum hospital e custaria uma grana preta para o patrão. Eu não estou a fim de perder o meu emprego!"

* * *

A melhor ficção não se compara a mais tosca e pobre realidade.

Os personagens e fatos aqui narrados são verdadeiros. As coincidências são reais. Não há coincidência.

Para que inventar o que ocorre diante de nossos olhos?

Algumas histórias nasceram da imaginação do autor, que, no geral, usou apenas sua memória. É evidente que o imaginário joga com as imagens, executa mecanismos de compressão, faz coisas antigas acontecerem a cada momento.

A narrativa não é a repetição de uma história. É sua recriação a cada instante. Ela será re-inventada por cada narrador cada vez que contar uma história e pelo mesmo narrador em tempos diferentes.

* * *

A deformação profissional existe: o médico é marcado pelo que vê, pelo que vive. A escrita de quem clinica ou clinicou é permeada pela experiência da profissão. O exercício da clínica permite uma aproximação sem igual em qualquer outra relação entre seres que participam de um diálogo ou de um processo. Doentes, familiares e médicos constroem uma relação, em geral de curta duração, mas de total confiança.

Apesar de ser um relacionamento profissional, não conheço nem vivi relacionamento de igual entrega e fidelidade.

A peste subverteu tal relação. Entregou o doente a máfias financeiras que nada tem a ver com o processo de cura ou tratamento. Seus donos agem como vampiros indiferentes a tudo que não seja o lucro. Comandam um festim de loucura, uma cadeia de insanidade.

A possibilidade de observar é parte inerente do ofício de médico. O treino de um clínico, desde Hipócrates, é montado na observação. Finalmente, encaram-se pessoas e coisas buscando causas e efeitos. Os porquês e os comos. Observo, logo sinto. Sinto, faço um diagnóstico, medico, trato, exerço tudo que sei porque observo. Porque sinto. Porque quero saber.

Escrevo porque tenho compaixão, não no sentido de sentir dó ou piedade, mas porque participo do sofrimento de outro ser, busco a cura, quero que o doente deixe de ser doente. O imaginário médico marca estas páginas, ao lado do social, inseparáveis que são.

* * *

As histórias do lado sombrio da minha cidade e do meu ofício são o contraponto do lado claro e brilhante. Sem esse lado, a vida seria impossível.

O improvável doutor Crápul existe. O telefonema narrado aconteceu.

INTRODUÇÃO

Numa dessas noites frias de São Paulo, há poucos meses, eu o revi na telinha de televisão, num anúncio de sua empresa médica. Estava maquiado com uma pasta espessa e branca no rosto, uma coisa de tom arsenical, as grossas sobrancelhas pintadas de carvão e rímel apodrecido. Inexpressivo, aspecto de morcego envelhecido num sótão. Contemplava o espectador, olhos nos olhos, e gemia mais que falava, que tôdos deviam buscar seus serviços, que iria curar todos os doentes da cidade. Bastava que lhe pagassem... O mesmo discurso após trinta anos. Que tristeza!

Para sobreviver é preciso contar histórias.
UMBERTO ECO, *A Ilha do Dia Anterior*

Peste, Proêmio

É próprio do homem ter compaixão dos aflitos.

BOCCACCIO, *Decamerão*

Quando perceberam que a grande peste se instalara na nobre e antiga cidade de São Paulo, os cidadãos de posses a abandonaram. Mudaram-se para propriedades rurais ou praias isoladas. Nada havia a fazer, senão esperar que os efeitos do mal se extinguissem. Como lutar contra uma entidade que permeava por todos os lados, mas não se sabia o que era? Os que partiram, não o fizeram por medo ou indiferença, mas sim por impotência.

Partiam em grupos familiares, quando a família não havia sido decomposta. Ou em grupos de amigos. Ou no que foi denominado "agrupamentos de conveniência", onde cada membro era especialista em alguma arte ou ofício úteis para aqueles momentos dramáticos. Todos queriam a companhia de um médico ou dentista que pudesse socorrê-los em caso de necessidade. Ou de um hortelão. Grupos houve que levaram consigo um cozinheiro, um cantor. As mulheres faziam questão da presença de um ginecologista, os coronarianos, de um cardiologista e assim por diante.

Também partiam em grupos étnicos. Judeus do Bom Retiro carregavam antiqüíssimas máquinas de costura Singer, movidas a pedal, sabia-se lá por quanto tempo haveria energia elétrica e velhas malas de vendedores-ambulantes repletas de lenços e gravatas; japoneses, coreanos e chineses foram vistos transportando toda uma parafernália eletrônica, mas também material para a confecção de vestidos, quimonos, pastéis e *sashimis*. Italianos e *oriundi* desfilavam ruidosamente pelas estradas: alguns invectivavam contra o papa, outros clamavam por sua proteção. Carregavam faixas anunciando a venda de massas caseiras e apresentações de espetáculos de canto lírico.

Estou sendo demasiado seco e desde logo percebo as limitações inerentes a esta narrativa: esses grupos transportavam, como objeto mais importante, a si mesmos.

Levei, quando parti, a *Enciclopédia Britânica*, de A a K, não foi possível carregá-la completa, dado o peso excessivo, desde logo antevendo a falta que as demais letras me fariam. Também, um velho e ensebado exemplar do Velho Testamento, alfarrábio de família e fonte de inspiração para histórias e devaneios. Não esqueci d'*As Noviças*, de Diderot, um emocionante relato das aventuras eróticas e de alta sacanagem que ocorrem num convento. Preocupações profissionais e digestivas muito pesaram na seleção dos livros: o *Tratado Geral do Frango* encontrou seu lugar em minha bagagem, pois além de prescrever, sutil e sabiamente, mil maneiras de preparar a ave, incluía completa descrição sobre as demais utilidades das penosas. Não poderia abandonar os manuais dedicados à feitura de bolinhos de carpa e às variantes do pão ázimo. Ignorava o que viria no futuro próximo, e decidi, além de me nutrir, salvar algumas tradições familiares.

Despedi-me do porteiro do edifício onde moro, fazendo inúmeras recomendações quanto ao cuidado e trato das minhas coisas. Ele pediu uma indicação de um hospital público, pois necessitava ser submetido a uma cirurgia para prótese de válvula mitral e simplesmente não podia arcar com as despesas desse ato cirúrgico. Dei as indicações e me fui.

Cito tais fatos para mostrar como as coisas se organizaram, apesar do caos aparente. Uns partiram, os que podiam e acreditaram na ameaça. Outros continuaram na rotina das suas vidas: não tinham recursos para partir ou não acreditavam em ameaça alguma.

Um grupo da assim chamada elite (sei que há várias elites, mas, naquele momento as coisas estavam tão misturadas e anômicas, que a elite financeira e nababesca era a única existente. Ditava normas e regras acerca de tudo: moda, cultura, comportamento à mesa, moral pública, cor dos batons, currículos escolares. Só havia, portanto, uma elite: a do dinheiro), habitante dos bairros tradicionais da cidade, locais arborizados e bem cuidados, celebrizou-se por partir para seu exílio em carruagens douradas, réplicas exatas de modelos da época de Luís XIV, precedidas por orquestras e corais filarmônicos. Seus integrantes partiram de uma certa Praça Vilaboim, local afamado e repleto de elegantes lojas e restaurantes, o chão revestido de lajes e excrementos de cachorro. Foi redecorada como Victoria Coach Station, o que deu notável toque de estilo e nobreza ao evento. Liderados por um exilarca, pertencente a uma tradicional família paulistana de quatrocentos anos – um cínico afirmava que eram 400 anos do mesmo treponema –, fizeram-se acompanhar por um séquito de serviçais: faxineiras, mucamas, mordomos, zeladores, porteiros, copeiros, seguranças, almoxarifes, alcagüetes, banqueiros, doleiros, cantores líricos, especialistas em dança do ventre, massagistas, médicos, afinadores de piano, pedicuros, bobos da corte, cronistas sociais, puxa-sacos, lipoaspiradores, curadores, preparadores de faisões e codornas, nutricionistas, apanhadores de bola de tênis e golfe, cocheiros, cortejadores e cavalariços, matilhas de cães de caça com as respectivas raposas, chóferes, pintores, escultores, banqueteiros, rabinos místicos, cabalistas e padres milagreiros, enfim, o essencial e estritamente necessário para que mantivessem o mínimo de conforto a que estavam habituados. A partida desse grupo foi amplamente anunciada nas colunas sociais dos jornais e a multidão que compareceu para assistir ao espetáculo muito se espantou com uma dama que viajava nua, apenas com uma gigantesca esmeralda no umbigo, montada num cavalo branco, que por sua vez era conduzido sobre um caminhão prateado, empurrado por empregados disfarçados em escravos turcos. Em cada esquina, ela bradava: "Se não têm pão, que comam salmão!"

A elite iria fazer, em seu exílio, o que sempre fez: nada. Quando trabalhavam, não eram da elite. Como são a elite, não trabalham. Na minha cidade, as coisas eram assim.

Seus componentes eram e continuaram sendo consumidores e compradores de serviços e dotes artísticos daqueles que chamam de servidores serviçais. Essas coisas, para mim, constituíam forte indício de peste iminente, senão, já em atividade. Que os servidores serviçais aceitem tal estado de coisas! Meu assistente alterego, que se compraz em me contradizer, embirra e diz que isso não é peste, apenas uma continuação das coisas da maneira que sempre foram e serão. Você não pode escamotear, simplesmente a seu bel-prazer, as demais elites, continua, a intelectual, a política, a dos professores universitários, só que elas estavam, como sempre estiveram e estarão, a serviço dos interesses dos marajás e dos barões do dinheiro, respondo, mas isto sempre foi assim, ele arremata.

Rememora a última Trienal das Artes de São Paulo, evento mundialmente famoso, dirigido e consumido por essas mesmas elites, e que foi dedicado à *"Copro-arte"*, quando numerosos artistas do circuito internacional aqui se exibiram, após uso de laxativos, purgantes e lavagens intestinais. O júri, ele recorda, foi composto por pediatras, proctologistas, financistas, damas da sociedade e por uma estranha e bizarra coleção de indivíduos que se autodenominavam especialistas. Já era a peste, digo, bobagem, responde, as coisas são o que sempre foram, não há peste alguma. Ele relembra que os pintores, no afã da glória e com a possibilidade de terem seus quadros vendidos, aboliram o uso do pincel e das tintas e usaram o próprio corpo e excrementos, matéria-prima, desde Freud, com significado diverso daquele que o uso comum lhe atribui. E ainda mais coloridos com os pigmentos que os artistas engoliram!

Tais obras de arte estão até hoje nas paredes das casas elegantes de São Paulo, onde foram construídos nichos especiais para contê-las e preservá-las, foram compradas por colecionadores ávidos em possuir, ter e serem donos e depositários exclusivos das coisas de vanguarda. Foi a única vez, em toda a história que a merda foi cultuada e adquirida como investimento! Isso não foi normal, digo, chefe, ele responde, você não entende o que aconteceu nem o que está acontecendo, por que não descansa e prepara um franguinho na mostarda, já que todos estamos esfomeados?

A sensação que eu sentia na presença dessa tal elite nababesca era complexa e contraditória, até hoje, tanto tempo passado, indefinível, algo como nojo misturado com respeito, até mesmo inveja. Que fiz, finalmente, durante tantos anos, como profissional liberal, senão procurar atendê-la e ser conhecido, reconhecido, aclamado e usado por ela? Quem não quer enriquecer?, murmura meu assistente, quem não quer fama e dinheiro?, é claro, respondo, mas sentia uma sensação de vender a alma para o diabo, ouvia coisas inacreditáveis, eles passavam a sensação de que eu era o último subalterno, que devia me orgulhar em servi-los, que, enfim... como escutar, como escutei, que devia me sentir honrado e orgulhoso por tratar a diarréia de Mme Xoxovska, pois eu havia sido recomendado por Mme. Potoska, da ordem das cavaleiras de Sion, Besançon, Machu-Pichu, Tel Aviv e Lourdes, que me compusesse e que a impressionasse, senão madame iria consultar seu médico naturista nos Alpes irlandeses.

A desordem chegara a tal ponto que parecia nunca ter havido ordem. Os costumes se subverteram, os usos eram inomináveis pelos antigos padrões. Do nascer até o fim, as coisas mudaram, quase mais nada acontecia como sempre havia sido, o dia-a-dia era outro.

Lembro-me de uma cena, coisa banal, ocorrida à porta de

um restaurante, quando um senhor caiu ao chão enquanto levava a mão ao peito, contorcia-se de dor, de longe diagnostiquei uma oclusão de coronárias. Enquanto eu o socorria, estava mortalmente pálido e com o pulso quase imperceptível, percebo uma moça, ela olhava para os lados como que se desculpando por ela e seu pai serem participantes de cena tão desagradável e inadequada, em local tão público e trivial, afinal estávamos numa pizzaria, seu namorado sussurrava, rápido, senão perderemos o cinema, porra, estamos em cima da hora, dê um jeito nele e vamos, não adianta, ela respondeu, vai você, vou levar este traste para algum hospital, depois te encontro, ele sempre apronta.

Por imposição social, as mortes naturais (verdadeiras) passaram a acontecer exclusivamente num lugar chamado "Terapia Intensiva", local frio, asséptico, e técnico, onde o cidadão fazia seu rito de passagem conectado a tubos de entrada e saída, drenos, sondas, respiradores, osciloscópios, alarmes sonoros, sinos, sirenes e campainhas que faziam um tremendo barulho ao menor movimento, causando agitação e reboliço. Assim, aquele momento, que o moribundo sempre compartilhou com os que viveu e amou, era passado em meio a uma solidão eletrônica, ao lado de enfermeiras e médicos desconhecidos, gente que conhecia o doente pelo número do leito, apenas. Como registrar as suas últimas palavras, coisa a ser comentada por anos a fio, se uma sonda traqueal impedia sua enunciação?

Poucos tiveram o prazer de morrer ouvindo as vozes familiares. A morte, o último ato, o derradeiro acontecimento, mais do que nunca, tornou-se uma transação solitária. Nunca mais aquelas cenas sentimentais retratadas pelos artistas do passado, quando se via uma família triste e chorosa em volta do leito, aguardando o desenlace fatal.

Meu alterego intervém e comenta que apenas aconteceu o óbvio: a falida e proletarizada classe médica e também as ricas indústrias hospitalar e farmacêutica faturavam, na morte, o que não puderam faturar com a vida e, mais, desta vez com o beneplácito e aprovação dos parentes da vítima-paciente, não mais dispostos a limpar secreções e dejetos dos seus entes queridos, isso é cinismo em excesso, respondo, ache outra explicação, ele rebate, você é um ingênuo, ele continua, não é capaz de ver que tudo compõe uma única cadeia: alguém fabrica cigarros- um imbecil fuma-tem bronquite, enfisema, câncer-consome remédios-vai para o hospital-chegam os médicos, terapias, exames... do cigarro até o final foram empregadas centenas, talvez milhares de pessoas... é a modernidade, a eficiência total, quem sabe os fabricantes dos respiradores artificiais sejam os mesmos dos cigarros! Tudo funciona assim, arremata, por que não aproveitar também a morte?

E por que só o momento da morte? Em seguida, é preciso comprar um terreno no cemitério, os locais mais elevados custam muito mais caro e dão um tremendo *status*, nunca se inundam, afirma o corretor, aproveita-se o momento de dor e vende-se o terreno ao lado para o cônjuge (quase nunca está disponível, mas os administradores, mediante módico pagamento, conseguem satisfazer o freguês), ou, quem sabe um jazigo familiar, encomendar o enterro, cerimônias religiosas, anúncios nos jornais, roupas escuras para o ato, as jovens irão de vestido negro e óculos escuros, com os cabelos soltos, uns tesões de viuvinhas, órfãs e choradeiras.

Os estupros se tornaram prática comum e corriqueira, já que eram executados em público, a qualquer hora, e não, como antes, entre quatro paredes e na calada da noite. As testemunhas ou assistentes aplaudiam e gritavam: enfia! enfia mais! rasga! Eram acompanhados por espancamentos e surras, muito apreciados pelos espectadores que se encantavam ante o colorido azul-arroxeado dos hematomas agudos que se formavam perante seus olhos. Havia uma forma coletiva do ato, conhecida como curra, quando a mesma jovem era comida, violentada, sodomizada, espancada e freqüentemente morta por um grupo, usualmente, de adolescentes de boas famílias.

Os seqüestros aconteciam a cada instante e à mera menção dessa palavra, todos torciam o nariz, pois receavam ser a próxima vítima. Havia páginas especializadas nos jornais, para que seqüestradores e famílias de seqüestrados se comunicassem por meio de códigos. Apareciam anúncios, na seção de classificados, aparentemente anódinos e sem sentido: envie, com urgência, três maços de brócolis, mas que sejam bem verdes (tradução: exijo três milhões de dólares) e, no dia seguinte, a resposta: disponho, apenas de cinco pés de alfaces maduros (só disponho de 500 000 dólares); no terceiro dia, podia-se ler: dois maços de brócolis e cinco alfaces, ou o material irá apodrecer. Quando o rendimento de um cidadão ultrapassava certa quantia, imediatamente ele contratava uma brigada anti-seqüestro, nem que fosse apenas por aparência. Que dirão os vizinhos se nossa filha sair por aí, sozinha, perguntava um novo-rico a sua mulher, que não cuidamos dela, nem de nosso patrimônio? Elevação da categoria social: Somos seqüestráveis! Puxa, nunca pensei! Os desfechos desses eventos eram imponderáveis, pois as vítimas reapareciam vivas ou não, aparentemente seguindo as leis do acaso, sem qualquer lógica ou previsão. É óbvio e não deve causar espanto, insinua meu assistente, dessa maneira as próximas vítimas sempre pagarão o que for pedido, sem delongas, creio mesmo que esses eventos são estimulados pelos responsáveis pela segurança, para garantir um faturamento extra, algo como introduzir um vírus novo e ter o monopólio da vacina, você é maluco, respondo.

Mãe nenhuma estava segura do retorno de seus filhos, quando estes saíam para seus afazeres. Assaltava-se, à mão armada em todas as esquinas. Os pipoqueiros vendiam drogas na porta das escolas, sob os olhares complacentes dos pais. Todos precisam viver, se não comerciarem, vão nos assaltar!, exclamou uma jovem mãe, típica representante da burguesia, depois que seu filho comeu pipocas com cocaína, misturada ao sal e começou a ter um comportamento estranho, chegando mesmo ao extremo de beijá-la e abraçá-la com afeto, coisa nunca antes acontecida!

Nem sei mais a que me ater!

Você sempre disse, resmunga meu assistente, como é difícil saber a diferença entre lucro e roubo, quem é o barão e quem é o ladrão, como saber quem é o bandido e quem é o mocinho?, não há o que estranhar, arremata, concordo, respondo, mas isso nunca aconteceu com tanta freqüência.

Minha cidade, naqueles tempos, poderia ser representada por uma longa fila, um trenzinho, com todos habitantes nus, um enrabando o da frente e sendo enrabado pelo de trás. A elite nababesca, poucos indivíduos, ocupava o último vagão, só enrabava. A massa, gigantesca multidão, ocupava a locomotiva, puxava todo mundo e só levava, seus componentes caíam do vagão como nabos e iam ficando pelo caminho. As demais categorias sociais, amorfas e mutantes, camaleônicas, estavam no meio da fila. Todos aspiravam a serem os últimos. Um empurra-empurra social, as partes intermediárias estavam sempre numa tremenda agitação! Qual o seu na lugar na fila?, provoca meu assistente, não sei, respondo, tenho até medo de pensar.

Escrevo estas notas, testemunha e partícipe que fui de tais acontecimentos, acho que até cúmplice. Como explicar, a menos que eu fosse um ingênuo imbecilóide, meu silêncio, quando recebi um telefonema do doutor Crápul, eu teria uns dez anos de formado. Esse doutor me convidou para executar os exames radiológicos da companhia de atendimento médico de que era dono e diretor. Coisa grande, dinheiro grosso. Explicou-me que só me pagaria a metade do valor dos exames e, ante minha surpresa, disse-me que não seria necessário executá-los. Bastaria que eu mandasse um laudo assinado em papel bonito e timbrado, que eu não me preocupasse com os diagnósticos, pois que ele me avisaria do que deveria ser escrito, conhecia bem seus associados, uns mandriões metidos a executivos, gente que não sofria de coisa alguma, mas que ia ao médico porque queriam aparecer e ter um motivo para suas conversas. Eu não teria gastos com material, nem perderia tempo. A outra metade do valor do exame fica para mim, porra, estou duríssimo!, exclamou, mas, é preciso que você colabore, faça uma reforminha na sua sala de espera, ponha uma recepcionista com ar de vadia, umas reproduções de Miró e Picasso nas paredes, minha clientela é metida a culta e adora lugares modernos e mulheres gostosas, ninguém está interessado na saúde, os caras só querem discutir com os amigos quem tem colesterol mais alto, quem é o médico mais castrador e filho da puta, quem comeu a recepcionista de quem! Podemos abrir um laboratório de análises clínicas, no mesmo esquema. Muito lucrativo! Recusei a proposta, disse-lhe que não participaria de tal sacanagem, ele me chamou de cretino, que eu não era capaz de compreender que sem sacanagem e gambiarras não se constrói riqueza ou poder, ainda afirmou que eu não passava de um socialistóide de meia-pataca incapaz de entender os novos rumos da economia. Quer saber?, terminou, nunca mais te ofereço nada! Pensei em sair por aí e dar um esporro, concluí que não valia a pena.

Vinte e poucos anos depois, quando se iniciou o que considerei como peste declarada, assisti pela televisão, a uma palestra do tal doutor. Falava com desenvoltura sobre assistência médica, gastos, qualidade, dificuldades de controle, renda exigida. Descobri que é considerado uma autoridade no assunto. Dissertava sobre custos, fluxos, receitas, financiamentos, ativos, passivos, milhões, bilhões, organização, qualidade, eficiência, otimização. Usou essa palavra umas dez vezes. Aprendo que sua empresa, ele o chama de companhia de saúde, não dá assistência a todas as doenças. O diabetes não é tratado, nem suas complicações, a menos que haja um pagamento extra. Doenças infecciosas só com autorização especial a critério dos médicos que dirigem a empresa... as doenças nervosas estão excluídas. Tudo está no contrato e é perfeitamente legal. Isso é dito sem a mínima vergonha, rubor ou pudor.

Sigo a lei ao pé da letra, não inventei nada, responde ao entrevistador, temos uma rede completa de serviços auxiliares, laboratório, raios X, ultra-som, que trabalham para suprir a demanda de nossos associados. Como?, claro, há hospitais e serviços diferenciados. Quem paga mais, vai para um lugar melhor, tudo é uma questão de custo, é preciso que isso seja claramente entendido. Quem paga por couve, come couve. Quem paga por filé, tem filé! A sociedade é estratificada, por que o atendimento deveria ser igual? Sim, sei que a doença é a mesma em qualquer grupo, mas é claro que um rico tem exigências mais complexas que um pobre. Sim, sim, sou um liberal, mas sou também realista! Nosso lucro é mínimo, apenas administramos, ocupamos o vazio deixado pelo poder público, que, finalmente, nada resolve. Como? Ah, claro que não estão cobertos os riscos de epidemias. Ou de certas doenças de tratamento tão caro... impossível arcar com seu custo, sim, devem ser cobertas pelo Estado, tem que ter alguma serventia esse Estado, afinal pagamos impostos! Tratar um aidético? Nunca! Eles não são doentes, não passam de viciados desavergonhados! Sim, tudo declarado nos contratos, tudo legal.

É difícil avaliar o que aconteceu, quando eu próprio me sinto envolvido e por mais que me esforce para não valorizar em demasia os pequenos atos do cotidiano de então, sinto que meu raciocínio se baseia, largamente, na sua análise. Não quero repetir as generalizações descuidadas dos cegos que palpam um elefante. Sinto inveja dos filósofos, capazes de formular uma doutrina inteira a partir de um sorriso, melhor dito, do seu significado. Ai de mim, que preciso do próprio sorriso, de provas materiais e documentais!

Procurei dados sobre a sorologia do período, mas tudo que encontrei foram banalidades sobre as doenças infecto-contagiosas de então, sarampo, tuberculose, AIDS e outras. Sou limitado ao estudo de acontecimentos que vejo, leio ou ouço falar.

Também entrevistei os sobreviventes e, como cronista que sou, esforço-me para reconstruir o que houve.

Dei-me conta de que nada se fala sobre tal acontecimento, na verdade, um cataclismo. O assunto é evitado, foi esquecido, tudo se passa como se nunca houvesse ocorrido. Sinto dificuldade na escolha dos termos: até a palavra sobrevivente é imprópria, pois, finalmente, um sobrevivente é aquele que vive, usualmente após uma catástrofe; mas, quando a própria existência da catástrofe é negada!

Não há um consenso do que ocorreu. As opiniões, quando existem, nem chegam a ser antagônicas, pois o assunto é discutível até na sua existência.

Nada há nada que se compare à polêmica ocorrida no período (claro que já era a peste!), quando se discutia o controle da natalidade.

Havia os defensores da castração pura e simples das mulheres das classes baixas, para que não mais reproduzissem, eliminando-se de vez um sem-número de problemas sociais. Os antagonistas diziam que era melhor que continuassem a ter o número de filhos que bem entendessem, maneira tradicional e consagrada para a obtenção da mão-de-obra barata e abundante, que, além de diminuir os custos de produção, aumentaria a população consumidora. A seleção natural pela desnutrição crônica eliminaria os menos aptos!

Bem se vê, uma verdadeira contenda, com pontos de vista divergentes e opostos. Era fácil ser a favor ou contra.

Alguns opinaram que elas deveriam ser treinadas para copular com chimpanzés e orangotangos, já que, assim procedendo, haveria redução da natalidade, com plena e total satisfação de seus instintos incontroláveis, sem necessidade de gastos com atos cirúrgicos.

Um macaco pode servir a 25 mulheres, afirmou um zoólogo-economista, pensem na redução dos custos de manutenção: com o investimento de um cacho de banana nanica por dia, haverá 25 plebéias felizes e sem gestações indesejáveis!

Um intelectual da elite nababesca e devoradora, antropólogo ou entomologista, não lembro com exatidão, apoiou-o: esses cruzamentos são a única maneira racional de chegarmos ao Elo Perdido. Que experimento interessante! Morgan só tinha as drosófilas. Mengele, os judeus. Nós temos as plebes! (Digo as plebes e não, a plebe, pois cada vez que os sociólogos definiam a categoria por conceitos econômicos, imediatamente surgia alguma categoria social em piores condições que a descrita, ou seja, mais plebéia que a plebe definida. Por motivos éticos, recuso-me a usar o termo "ralé").

Sem dúvida, as mulheres da periferia eram capadas desde que as elites nacionais e alienígenas decidiram combater um certo socialismo, doutrina que encarnava as forças do mal.

O raciocínio era singelo: menos pobres, menos socialistas. Ovários, adeusinho, teus produtos estão condenados a se dissolver no abdome! Cape hoje e durma tranqüilo amanhã! Tais fatos eram, então, arrolados sob o eufemismo de controle familiar. (Essas mulheres, eu as examinei às dúzias, pois vinham fazer controles por diferentes razões, num centro em que trabalhei, referiam-se à ligadura das trompas, como "A Operação", eu sempre fazia um histórico antes do exame, qual é seu problema, já foi operada? etc. e, com surpresa, ouvia: já fiz "A Operação". No seu imaginário e na fala do dia-a-dia, ser operada equivalia a ser laqueada!)

Não havia tal problema entre as mulheres da classe média e da elite, tinham acesso aos anticoncepcionais mais modernos. Se engravidassem, bastava submeter-se a uma intervenção de aborto, impossível, diz meu assistente, o aborto era ilegal, e daí, respondo, havia dúzias de clínicas à disposição, afora um exército de curandeiras, interessadas, vigaristas, naturistas. Tal intervenção gerou indústrias paralelas e muito rentáveis.

Sabia-se de uma quadrilha de médicos, e eram profissionais bem qualificados, que decidiu explorar o ato. Eles verificaram que era comum uma gravidez indesejada em jovens das classes altas. Depois desse acidente, sabiam cuidar-se e não mais engravidavam. Era preciso aproveitar ao máximo esse momento! Pois bem, eram examinadas por um ginecologista, que confirmava a gestação por meio de um ultra-som; a curetagem era efetuada e o ultra-som repetido após alguns dias e ah!, para surpresa de todos, o embrião continuava no local! Mentira, claro. Era então proposta nova curetagem e um novo exame de imagem confirmaria a eliminação do indesejável concepto. Assim o procedimento era cobrado duas vezes, faziam-se dois ou três exames de imagem, todos ganhavam, o cirurgião, o anestesista, o ultra-sonografista, a enfermagem, o farmacêutico. Ouviu-se falar de uma jovem que caiu nas mãos de tal bando e que foi curetada oito vezes – era riquíssima e estava muito intimidada – pagando, é claro, oito atos de curetagens e paralelos. Na verdade, estivesse grávida ou não, as jovens eram curetadas, pois o informe do ultra-som sempre afirmava a presença de gestação.

As ideologias eram claras, a distinção entre o bem e o mal era óbvia. Qualquer um tinha conhecimento de que as esquerdas, socialistas, comunistas, eram evoluídas, progressistas e pacifistas, queriam e lutavam pelo progresso da humanidade, queriam o mundo sem desigualdades... todos sabiam que Stalin, o Pediatra e Gerontólogo Mor, o Grande Ecologista, amava as criancinhas e os animais selvagens; por outro lado, as classes ricas e estabelecidas eram putrefeitas, egoístas, reacionárias, escravagistas, antievolucionistas, retrógradas, burras e incultas.

Nada houve de comparável à incendiária discussão entre liberais e neoliberais, quanto às relações entre o capital e o trabalho. Foi num tempo em que se discutia uma certa globalização, nunca entendi com precisão a essência de tal conceito. Não sei os detalhes do final de tal disputa, não sou afeito aos assuntos da economia e da produção, mas venceram os liberais, que tinham um lema curioso: *Arbeit Macht Frei*.

O mundo mudou, sussurra meu assistente alterego, o Muro caiu, a esquerda está em frangalhos, que espécie de saudosismo masoquista é esse?, não é saudosismo algum, respondo, apenas relato o que vejo, quem sabe não veja tudo, mas não é possível deixar de ver o que se passa entre a classe dominante, seja ela de que natureza for, e a massa. Você não percebe, ele insiste, que em qualquer sistema econômico, sempre há uma massa subjugada por coerção, força, propaganda, aspirações dirigidas, concordo, respondo, o que não me impede de contar o que vejo ou o que penso que vi... sei e não tenho dúvida alguma que em qualquer lugar ou sistema, sempre se forma uma elite, uma *nomenklatura*, uma classe que diz o que é certo ou errado, o que pode e o que não pode, o que deve ser visto ou lido e o que não deve, donos do poder, mandantes das polícias.

Mantive registro diário, dos meus dias de exílio, feito num pequeno sítio, em Ibiúna, comuna agropastoril vizinha à metrópole. Não o tivesse feito também teria sido atacado pelo esquecimento que se apossou de quase todos. Mesmo assim, fatos aparentemente banais trazem-me uma certa sensação de desconforto e culpa. Sem dúvida, estão ligados a coisas pessoais, escondidas e esquecidas em algum ponto.

Lembro-me de quando foram erguidas as barreiras nas estradas que davam acesso à cidade, pois fora decidido pelas autoridades sanitárias e políticas que o mal, se mal houvesse, vinha de fora. O bloqueio foi total e os guardas atiravam em quem tentasse adentrar a urbe. Mas as mortes continuaram, em número crescente.

Decidiu-se então que o mal vinha de dentro e exterminaram-se os cães, os gatos. Muitos ciganos que perambulavam, seguindo longa tradição, nas periferias do burgo, fabricando e comercializando tachos de cobre, acabaram dentro deles, reduzidos a pedaços. Sem resultados.

Entrevistas recentes assomam-me à cabeça. Um famoso professor afirmou que nada houve que pudesse ser considerado como anômalo:

Mal sei o que você quer saber. Passei, é verdade, uma temporada fora de São Paulo, no campo, estudando os efeitos terapêuticos das folhas de alface. Para dizer a verdade, estive desinteressado dos noticiários durante alguns anos, quem sabe você se refere a esse período?

É mesmo, as fábricas se esvaziaram e ninguém sabia onde estavam os operários. Naquela época, mal recordo porque, morreu meu sócio, sua mulher e o filho mais velho; também, deixaram de existir minha irmã, minha mulher, e, deixe-me pensar..., mais pessoas. Mas foram mortes, como dizer... convencionais, disse-me um industrial, sim, sim, estive no campo durante uma longa temporada. Como a memória nos trai!

Quando a Biblioteca Municipal foi desenterrada, inúmeros edifícios simplesmente ruíram por falta de cuidados, e iniciou-se a restauração de seus livros e registros, deparei-me com precioso material. Encontrei, onde devia se situar a sala de leitura, os últimos jornais publicados, com material assaz ilustrativo.

Um deles discutia uma mortandade em pequena escala, acontecida num bairro da zona norte da cidade, chamado Carandirau, e trazia interessantíssima discussão sobre o número dos mortos. Uns falavam em 113 e outros afirmavam que eram 130. Os partidários de uma ou de outra cifra se digladiavam, como se diferença, quanto ao significado, houvesse.

Nada sobre as causas! Uma discussão dos efeitos: quantidade e número das perfurações e ferimentos: sua topografia, se na parede anterior ou na posterior do tórax ou do abdome. As mortes, no caso, foram provocadas por tiros e mordidas de cães, vários sacos foram arrancados a dentadas e deduziu-se que foram comidos, pois não deixaram nenhum vestígio. Estatísticas, gráficos, quantos brancos, negros e mulatos foram mortos. As vítimas, em geral, eram jovens negros ou pardos, sempre de baixa renda. Os artigos são acompanhados por ilustrações, que mostram cadáveres alinhados como peixes numa banca de feira, um belíssimo efeito visual. Outra fotografia muito dramática mostra sangue e fragmentos de massa cerebral aderidos a uma parede.

Lembro-me, de tempos pregressos, essa questão da peste não me preocupava, quem sabe foram seus primórdios, de outra pequena mortandade noticiada nos diários: um delegado de polícia, irritado por que os presos de uma delegacia estavam cantando e batucando, perturbando sua habitual sesta, como punição, fez com que cinqüenta deles adentrassem uma sala, onde, em condições normais, não caberiam mais que três ou quatro pessoas. Após duas horas, estavam todos mortos por asfixia (morte verdadeira), cianóticos, a pele ferida por unhadas e mordidas, recobertos por secreções e dejetos. O delegado declarou que os jornalistas, como sempre, mentiam, os mortos eram apenas trinta e quatro. E que faziam muito barulho!

Adiante, encontro dados sobre outro surto de morte epidêmica, algo a ver com os sem-terra, ou alguma coisa assim, o jornal está destruído neste ponto, de difícil leitura. Deduzo que era gente que passeava pelos campos e, periodicamente, era morta a tiros ou a porretadas. Ignoro por que não tinham terras, os textos são omissos, um neoliberal afirma que eram preguiçosos e só queriam passear, um paleoliberal afirma que só a escravidão tiraria essa gente das estradas. São uma ameaça à ordem constituída, afirma um senador, pau neles, conclama outro, rico proprietário rural.

Como interpretar, tanto tempo passado, uma nota na seção policial de um jornal: Criança desaparecida é encontrada após uma semana, no mesmo local em que foi vista pela última vez. A mãe relata a presença de uma cicatriz cirúrgica no flanco direito e um exame pericial revelou a ausência do rim do mesmo lado. O menor não sabe relatar o que aconteceu, apenas conta que dormiu muito. Lembra-se, não tem certeza, que estava no sanitário de um *shopping center* e que depois estava numa sala muito iluminada onde havia pessoas com máscaras e longas roupas, depois disso acordou no mesmo sanitário onde, possivelmente, adormecera. Claro como a luz do meio-dia, diz meu assistente, ele foi raptado para que tirassem seu rim para ser vendido para um transplante, não foi a primeira, não será a última. Ainda bem que não queriam seu coração!

Outro periódico relata histórias sobre menores que apareciam mortos a tiros, ou estrangulados, nos bairros das classes baixas; aparentemente, e julgo e avalio apenas o que leio, lembro-me tão pouco, também em forma epidêmica. Meu assistente gargalha e mostra um jornal que noticia a existência, no burgo, de um homem com duas pirocas, mas um só saco! Extraordinário, digo, mas acho que nada tem a ver com nossa pesquisa, quem sabe, ele retruca, veremos, respondo. Sempre me contradiz!

Dramáticos, os casos em que apareciam cadáveres, não importa seu número, atraíam a atenção dos leitores dos noticiários e finalmente eram esquecidos. Mas era possível assistir pela televisão, diariamente, às cenas que eram os prolegômenos dos casos fatais, mesmo que não reconhecidos, talvez um sintoma da peste (então esse mal seria bastante antigo!), uma perda inexplicável do discernimento, pois que tais cenas eram assistidas passivamente e, em seguida, esquecidas, tão habituais eram: espancamentos de favelados, de cidadãos pobres, queima pública de esmoleres, tortura dos suspeitos de qualquer coisa, corpos inertes cobertos por jornais rodeados de gente descalça olhando e se benzendo.

Noto que todos conheciam a anatomia e os efeitos da peste, mesmo não a reconhecendo como tal.

Não se percebeu, entretanto, que para uma pessoa morrer da peste, não era necessário que estivesse morta, no sentido clássico do termo. Em outras palavras, não era essencial a presença de um cadáver.

O indivíduo poderia estar empestado ou morto há muitos anos e, no entanto, exercer as suas funções sociais habituais, públicas ou privadas, como se vivo estivesse. Era e comportava-se como um bom marido, uma boa esposa, um bom diretor. Na verdade, estava em putrefação e ninguém se dava conta, seja porque a função exercida era dispensável, seja porque ninguém queria perceber coisíssima alguma!

Assim era a peste: uma entidade etérea e invisível. Não quero usar a palavra doença, pois ainda não sei caracterizar o que houve.

Nada mudou, não houve peste alguma, exclama meu assistente. Claro que houve. Mas, quando leio os jornais e as notas do meu diário, percebo que os mortos eram em número muito maior que o admissível, mesmo para uma epidemia de grandes proporções.

Nesse evento mórbido do Carandirau (neologismo, português – Nome próprio, masc. Nomeia uma tradicional instituição paulistana especializada na morte lenta de seus hóspedes. É possível que a palavra seja uma fusão de CARANDIRU, local de repouso forçado da Zona Norte, com BIRKENAU, este último, uma fábrica especializada na morte rápida de judeus, ciganos, bolcheviques e outras, então, subformas de vida), as causas e responsabilidade pela mortandade foram atribuídas às próprias vítimas, coisa nunca antes vista. Esses sem-terra morriam porque eram gente sem terra, mas até onde me atrevo a deduzir, quem sabe meu raciocínio seja simplista, morriam exatamente no momento em que queriam deixar de sê-los. Os menores da periferia morriam porque estavam vivos, condição essencial para morrer, como é do conhecimento de todos.

Os eventos esportivos da urbe, cerimônias classicamente festivas, foram transformados em espetáculos de morte verdadeira, com a presença de cadáveres reais, ou seja, corpos frios e sem qualquer atividade cerebral. Multidões invadiam os campos de esporte e matavam a pauladas e pontapés quem estivesse pela frente, as redes de televisão mostravam as cenas para todo o país.

Que epidemia foi essa, finalmente? Quem eram os atingidos? Esse era o drama dos tempos que pesquiso: os mortos pela peste, desde que não atingissem o estado de cadáveres verdadeiros, não aparentavam coisa alguma e agiam como os demais seres não atingidos (não me atrevo a chamá-los de sãos).

Não era possível o diagnóstico!

Sequer pareciam portar a doença.

Meu assistente reclama que estou misturando tudo: portadores, mortos, empestados, cadáveres e que assim não será possível uma conclusão; acha que tem de haver, como em qualquer epidemia, um agente etiológico, vetores, meios de transmissão, população susceptível, período de incubação etc. Concordo, respondo, mas não consigo discernir a distinção que deveria haver, é claro, entre causa e efeito, entre o agente mórbido e o organismo doente.

Num dado momento, parece que todos foram atingidos, no instante seguinte, tudo se passa como se nada tivesse ocorrido. Um pensamento incrível me ocorre: desde que sãos e empestados tinham exatamente o mesmo aspecto físico, a mesma bioquímica do sangue e já que não há nenhuma explicação satisfatória e coerente para o enorme número de vítimas, segue-se que os sãos eram os doentes! Ou mesmo o contrário! Não manifesto o pensamento em voz alta e trato de suprimi-lo.

Insidiosamente, a vida na metrópole tornou-se tão difícil e cara, as condições de sobrevivência ficaram tão precárias, que aqueles que acreditavam que havia uma ameaça, decidiram abandoná-la, até que os efeitos do mal se extinguissem.

Inicialmente, pensamos em partir para Paságarda, mas esse sítio não aparecia nos mapas. Foi sugerido Shangrilá, mas as autoridades do local não permitiram nossa entrada.

Finalmente, decidimo-nos por uma pequena herdade em Ibiúna, local famoso pela produção de carpas coloridas, crisântemos, batatas, alho e cebolas, bem como de inúmeros outros produtos hortifrutigranjeiros.

Em meio à jornada, de longe, contemplei minha cidade, o perfil dos edifícios, recobertos por uma densa nuvem de resíduos, os extensos bairros da periferia, uma grande mancha cor de tijolo. Adivinhava o perpétuo ruído das buzinas e das máquinas, das sirenes e das multidões. Não era mais a cidade onde cresci.

Minha São Paulo era uma cidade de mil etnias, um lugar das gentes que vinham de todos os cantos do mundo. Japão,

Rússia, toda a Europa, Bahia, África e Ásia. Do Caribe, Chile e Bolívia. Ucrânia e Bessarábia. Da Galícia. Amigos lituanos e italianos. Um colega de ginásio, jordaniano, com o pai, experimentado e hábil alfaiate, contando, enquanto costurava um paletó, recordações das prisões do Oriente Médio, onde, periodicamente, era preso, por ser um comunista ativo. Um siciliano cantava nas ruas do bairro onde eu morava, em troca de um prato de sopa de lentilhas. Havia fugido de sua terra natal, logo após o término da guerra, por ser um fascista militante, mas, aqui, era, simplesmente, um cidadão. Que voz! Sobreviventes de campos de concentração vinham à minha casa e entoavam músicas que faziam minha mãe e suas amigas chorarem de saudades. Foi a primeira vez que vi gente marcada como gado!

Comia-se *paella* valenciana, strogonoff, carne seca, pizzas, sopa de cogumelos secos, quibe e *matzá-brai*, quando se ia às casas dos amigos. Tal o polimorfismo cultural da minha cidade. Que saudades dos sanduíches de bife acebolado, comidos de madrugada, numa padaria, em pleno bairro ítalo-judeu, enquanto nos sentávamos sobre sacos de farinha, ao lado do forno onde se fazia pão! Assim espantávamos o frio e a garoa.

Certa noite, no meio desses colóquios noturnos, apareceu um personagem provindo da França, onde vivera como refugiado de guerra. Tinha a idade do nosso grupo, por volta de quinze anos, um tremendo sotaque cheio de erres carregados, tímido, ficou pelos cantos, queria entabular conversa, não sabia como. Alguém ofereceu um guaraná e um cantinho dos sacos de farinha para sentar, o gelo foi rompido. Todos se apresentaram, ele perguntou de onde eu era, respondi que de São Paulo, e você?, perguntei, nasci em Auschwitz, respondeu, você é maluco, ninguém nasce num lugar desses, só morre, pare de inventar, não precisa contar mais nada, é sério, ele insistiu, foi um ano antes da guerra, ou você imagina que os campos sempre estiveram lá?, minha família vivia em Auschwitz, uma cidade da Polônia como todas as outras... fugimos para a França, passei lá todo o tempo da guerra.

Músicos vienenses, com ar de fastio e de decadência total, executavam valsas numa confeitaria do centro da cidade, sob as luzes de melancólicas lâmpadas amarelas; lá comiam-se doces do Velho Mundo, tomava-se chá e contemplavam-se as mulheres.

Ah, as mulheres! Elas tinham cheiro de cabelos e pele recém-lavados com sabonete, percebiam-se laivos do suor da raiz das coxas, apertadas por meias de náilon e ligas de elástico. Não havia, então, o hábito dos cremes e desodorantes para todas as partes do corpo, sovaco, pescoço e partes pudendas, que retiraram delas o odor característico de maresia vespertina. Os sutiãs tinham enchimentos de variadas formas e muitas usavam anáguas e combinações que faziam um delicioso frufru quando elas andavam.

Mulheres de todas as origens: árabes, judias, italianas, espanholas, portuguesas, de todas as categorias e hábitos, eram tempos pudicos, namorava-se a namorada e comia-se uma puta, impensável agir de outra forma.

Lembro-me de um bordel especializado em jovens orientais, que trabalhavam devidamente paramentadas com exóticos quimonos; vendiam prazeres desconhecidos, por vezes, acompanhados da *uretrite de Osaka*, um tipo especial de gonorréia, curável apenas com lavagens de permanganato com gengibre, que eram feitas por um *nissei* enorme, travestido de samurai. Uma casa oferecia polacas altas e orgulhosas, especializadas em sexo sadomasoquista. Entrava-se na sala de estar vazia e, subitamente, elas surgiam nuas, um magote de loiras de olhos claros, apenas com reluzentes botas de cano alto, entoando lemas nacionalistas e estalando chicotes de couro. O risco da casa era o *treponema de Varsóvia*, que provocava manifestações de demência precoce e paranóia. Dizia-se não haver cura para o mal que, além do mais, provocava calvície precoce. O *cancro de Isaac* era a oferta indesejável da *Maison Juive*, magnífico lupanar instalado em plena zona, propriedade de certa madame Tânia Dupa, uma judia de Cracóvia, que insistia em ser francesa e distribuía papeizinhos com versos apócrifos de Baudelaire. Madame tinha pendores literários, fez vários cursos de caligrafia, e escrevia os menus com letra caprichada e cheia de ornamentos, em papel cor-de-rosa. Ao lado do preço das bebidas e salgadinhos, podia-se ler a Tabela dos Serviços das Meninas: Mão na mão: grátis; Mão naquilo: 3 dólares; Aquilo na mão: 4 dólares; Aquilo na boca: 9 dólares; A boca naquilo: 10 dólares; Aquilo naquilo: 25 dólares; Aquilo atrás daquilo: 30 dólares e assim por diante, todas as variações, até um inédito *cunnilingus* ecumênico, eram previstas. Acumulou uma fortuna em moeda forte e emprestava as verdinhas a altos juros, aos comerciantes do bairro. Um cartaz, logo à entrada dizia, numa língua incompreensível, mas que fazia rir a muitos dos antigos usuários: *Traga seu beigele, as meninas têm o varénheque!* (Um freqüentador da casa traduziu a expressão como equivalente a "agasalhar o croquete"). Lá pela meia-noite, uma ruiva de Bucovina fazia um fantástico e emocional *strip-tease*, sobre uma mesa de vidro grosso. O público sentava-se ou deitava-se sob essa mesa, batendo palmas e contemplando a jovem por baixo, enquanto ela executava uma dança cigana. Num dado momento, madame jogava uma reluzente moeda sobre o tampo de vidro e, para surpresa de todos, a jovem apanhava a moeda com os grandes lábios, e fazia-a desaparecer. Um cofrinho!

Ia-se ao futebol sem risco de vida. É verdade que dos locais mais baratos e, portanto, freqüentados pela massa (ficavam na parte mais elevada do estádio), eram atirados sacos plásticos e camisinhas usadas, cheias de mijo e que, quando estouravam na cabeça dos burgueses, provocavam manifestações de intensa alegria nos lançadores de tais objetos (O autor ouviu uma versão populesca do que descreve, de um artista da Praça da Sé, na forma de embolada: "Vô dizê prá toda gente/Toda gente vai escutá/Nos estádio a gente mija/Na cabeça dos burgueis/Gente chocha e bem vestida/Coleção de mariquinha/Puxa-saco dos patrão!/Mija neles, gente boa/Móia tudo que pudé/Bem no meio do pescoço, muita carne, muito osso/Cansemo de sê freguêis, joga mijo nos burgueis! Nhá, nhá, nhá, nhá!").

Meus amigos esquerdistas nunca perceberam que esses jogos dominicais, além de lúdicos, eram uma verdadeira representação, por que não dizer uma pantomima, da tão propalada luta de classes. O Auto da Dialética!

Nos estádios, o capitalismo não entrava em contradições intrínsecas: era mijado.

Visíveis e enriquecedoras eram as diferenças. Tantas culturas e opiniões, lado a lado!

As gerações da peste se assemelham. São muito homogêneas

quanto aos hábitos e prazeres; abominam as diferenças e se esforçam para serem idênticas. Ignoram a mortadela e o *pastrami*. Não conhecem, nem querem conhecer o gosto sutil da *bracciola* e a suavidade, o gosto melancólico e afrodisíaco do bolinho de carpa com raiz amarga. São viciados em hambúrguer industrializado, ignoram o sabor das iguarias de que são portadores hereditários. Até as bocas se parecem, as arcadas dentárias modeladas pelo mesmo ortodentista.

Há um culto à mesmice, um horror ao diferente. O que é antigo nada vale, nem que tenha sabor de morango com chocolate. Nem sei porque essas recordações me assaltam, agora!

O sítio de Ibiúna nos surpreendeu por sua riqueza e beleza. Havia lagos onde nadavam gordas tilápias e imensas carpas; pomares, com árvores carregadas dos mais variados frutos. Adentrando a herdade, colhemos pitangas, mangas, uvas, mexericas e maçãs; as árvores beiravam a estrada, e seus galhos e ramos se inclinavam, em oferenda. As goiabas e ameixas que esperassem! Vacas pastavam num relvado, tetas estufadas e percorridas por grossas veias, tanto leite continham, mugindo para serem ordenhadas.

Os empregados, habitantes do local, nos saudaram, com verdadeira alegria. Não sabiam dos motivos de nossa chegada, pois tratava-se de gente simples, ignoravam o mal que grassava em São Paulo. Afinal, os meios de comunicação estavam normais – pelo menos estavam como sempre estiveram – e não se discutia o assunto. Há mesmo um assunto?, bufa meu assistente.

Após nos instalarmos, decidimos nos entreter com narrativas e histórias, e o literato do nosso grupo, citando Boccaccio, diz que tal artifício foi usado há seiscentos anos.

Não houve a pretensão de imitar ninguém, mas a solução foi semelhante: os dias seriam mais agradáveis e o tempo fluiria, como fluiu, com suavidade.

Assim, após os trabalhos diurnos (plantio de cebolas, poda e irrigação das árvores, corte de lenha, reparos nos telhados etc.), nós nos reuníamos para o jantar e, após breve pausa digestiva, nos acomodávamos para as narrativas.

Assistiu-se à televisão apenas para que as propagandas dos produtos comerciais pudessem ser vistas. Nosso sociólogo insistiu que eram o mais fiel registro da mentalidade vigente, e que dariam exata noção do que queriam e o que consumiam, portanto, quem eram os cidadãos, se bem que desconfio que defendeu o uso desse eletrodoméstico, apenas para que pudesse assistir aos filmes pornôs, dos quais era apreciador.

Ele nos ensinou que a cidade é uma miniatura do país. Que os governantes do burgo devem prover o bem estar dos todos, cobrando impostos, para que os serviços possam ser financiados. Que muitos desses serviços, a título de funcionamento mais aperfeiçoado, foram entregues às mãos dos cidadãos, que se organizam em empresas, devidamente fiscalizadas pelos governantes e pelos usuários, claro. Educação, saúde, transportes, alimentação, entre outros itens, foram entregues, portanto, aos próprios habitantes, para que os gerissem e os utilizassem, em outras palavras, foram entregues à iniciativa privada.

Assistimos a centenas de filmes de propaganda e nos estarrecemos com as alterações sofridas pelo idioma nativo, que, aparentemente, era de pouca utilidade na descrição das coisas e das suas virtudes: *off price, shopping center, be happy, travel, hollidays, hot dog, oh baby!, beauty parlour, high tech*... inúmeras outras palavras e expressões eram preferidas e usadas, em detrimento da língua local. Na verdade, isso vinha de antes, certa vez, num bar do centro da cidade, pedi um uísque com gelo, o garçom olhou-me e respondeu que não conhecia essa bebida, era uma bebida?, eu expliquei e ele sorriu, ah, o senhor quer *scotch on the rocks*, por que não disse logo?

Uma empresa de doença que atuava no período, uma certa GreenRoseHealth, num maravilhoso clipe, oferecia helicópteros e carros de Fórmula-1 para o transporte dos empestados, mas, ao mesmo tempo, não tratava esses doentes, alegando que eles não eram doentes e que os pagadores de seus planos eram todos saudáveis e não necessitavam de qualquer tratamento. Ou não teriam se associado a um plano de saúde! E sim a um plano de doença! As imagens do filme mostravam infartados corados e sorridentes, ladeados por famílias felizes com o infarto, cena belíssima e comovente. Adorei passear de helicóptero, declara um feliz portador de necrose aguda do miocárdio, minutos antes de morrer. Sua mulher vira-se para a câmera, olhos vermelhos, e diz: Seja também um associado da GreenHealth (ou da PavoliaGold, ou da...). Dê para ele o que ele sempre quis e nunca disse: um passeio de helicóptero! A enfermeira também soluça. Ela é absolutamente linda, olhar lascivo, boca carnuda, seios eretos. Quando se abaixa, para fechar as pálpebras do falecido, sua minissaia se levanta e a deixa com a bunda de fora. Não usa calcinhas. Tem o logotipo da empresa desenhado nas nádegas. O médico é um galã dos tempos do cinema mudo, usa um bigodinho e tem os cabelos empastados de vaselina. Veste fraque de cetim branco e imaculado, seu estetoscópio é de ouro maciço. Tem o olhar compungido, afinal, contempla o trigésimo paciente que morre hoje, e ainda é meio-dia. Mas reflete, apenas reflete, é a única coisa que sabe fazer, a certeza de que o próximo será salvo! (Porra meu, se viver, vamos ter que pagar todas as despesas do tratamento! Espero que morra! Ou, quem sabe, podemos...?) Seja cliente preferencial. Pague uma pequena cifra mensal e durma com segurança. Com certeza, você viajará de helicóptero! Que, aliás, traz escrito, *Air Rescue*. O doutor abre sua maleta de médico, retira uma Smith-Wesson, calibre 38 e começa alvejar todos os vírus que esvoaçam pelo ar. Cruza os braços, pistola fumegando e encara o público: YelowGreen, um plano de saúde para quem não é doente! A enfermeira rebola uma conga.

Outro clipe, de uma empresa concorrente, mostra uma parturiente emocionada, olhos pintados com sombras e rímel, cheios de lágrimas de cebola, enquanto exibe para o marido, um sapo enrolado numa fralda: Veja nosso filho! Não é lindo? Não mama, só come moscas e pernilongos. A parteira disse que no dia que ele for beijado por uma princesa, vai se transformar em centroavante. Não é maravilhoso? Sabe, benzinho, o parto foi feito sem anestesia, por que o médico do convênio disse que não gosta dessas invenções modernas e que as mulheres devem parir com dor, como sempre foi.

Que deformação profissional, interrompe meu assistente, só coisas médicas!, é um problema de enfoque, retruco, exerço essas profissão há tanto tempo, por vezes, parece que nasci com ela. Além do mais, a relação médico-doente é simbólica e representativa do contexto social, tem mais conteúdo do que se imagina, mas aqui há coisas que não sei destrinchar, uma relação médico-companhia-doente. Mas você só aponta defeitos, claro, respondo, as virtudes, e elas existem, são naturais e não carecem de qualquer encômio, devem passar despercebidas, pois são ou devem ser a essência do ser; mas são tão raras! Pelo contrário, os defeitos explodem na minha frente!

Uma lembrança aflora! Quando o autor era apenas médico e não cronista, há muitos anos atrás, espantava-se com o número elevado de doentes que transitava, de ambulância, pela cidade, de um lado para outro. Comentou o fato com o diretor de uma companhia médica e ouviu que eram, em geral, doentes graves, casos perdidos, que ninguém queria tratar dado o elevado custo e assim eram carregados para cima e para baixo para que morressem no meio do caminho! Sabe quanto custa um tetânico?, perguntou o diretor, uma hemorragia cerebral? Acabam com qualquer orçamento, não sou eu que vou trabalhar para não lucrar! Na verdade, estou pensando em abrir uma companhia de transporte de doentes. Muito lucrativo!

Outro anúncio mostra um ônibus lotado e estropiado, apesar da pintura recente. Desce uma ladeira, aos solavancos, e solta fumaça negra, passageiros tossem e se debruçam para fora das janelas, tão repleto está o veículo. Todos sorriem. Sem os dentes de frente, sorriso característico do período, para que dentes, afinal, se havia tão pouco para mastigar? Um viajante, todo amarrotado, desaba na rua e se afoga, pois a rua está inundada pelas chuvas que caíram há um mês, se não se afogasse, morreria de leptospirose. Uma voz sussurra: Tudo pelo social!

O proprietário de uma escola – todo o ensino estava nas mãos de empresários particulares – relata que um aluno do primeiro ano do primário descobriu que Einstein estava errado. Na verdade, a equação correta era $I=m.c^2$. Outro aluno, com Q.I. de 17, estava no final da demonstração de que $ax2+bx+c=9$. Matricule seu filho em nosso estabelecimento, zurra o diretor, que veste uma máscara de Drácula, pois não quer ser reconhecido, tal o número de golpes e falcatruas que cometeu, faremos dele um gênio! Garantia total ou seu dinheiro de volta. O cenário mostra centenas de alunos agrupados em torno de computadores e telas. Todos digitam com fúria. Um orangotango bate aleatoriamente nas teclas e, ao acaso, reproduz o último discurso de Mussolini.

Sexo por telefone: uma mulher nua e cabeluda geme e estrebucha com o aparelho entre as coxas, goze sem risco!, arfa, e, entre um gemido e outro, murmura: fodafone não dá AIDS! Uma estrela do cinema aparece banhando-se, e canta, acompanhada por um coral de mil vozes angelicais: seja também uma estrela! Use o sabonete Phallus, enquanto aflora das águas da banheira, um enorme saponáceo em ereção.

Viaje, fique, viva, emagreça, engorde, salve as baleias e os golfinhos, este carro, aquele carro, compre, comPRE, COMPRE!

Tal o teor dos anúncios e propagandas a que assisti nos tempos da peste.

Analisando com frieza e isenção, já de uma certa distância, ainda não sou capaz de afirmar quem eram e quem não eram os empestados. Em que categoria me colocar? Também teria sido atacado pelo mal?

Num certo período, trabalhei num laboratório de análises clínicas e certa vez percebi que o material colhido dos doentes, para ser analisado, era jogado fora, latrina abaixo. Perguntei a meu chefe o que estava acontecendo e ele me disse que eu era mesmo um ingênuo. Que o preço pago por um exame sequer justificava sua feitura! Para dizer a verdade, nem tinha o equipamento necessário para fazer tais análises. E os resultados?, perguntei. Quem está preocupado com os resultados?, respondeu, escreve-se um laudo e pronto! Mando tudo bonito, relatórios impressos por computador, coisa fina! Mas, e os médicos que solicitaram os exames?, eles, com certeza, querem um resultado correto. Estão no meu esquema, responde, você pensa que o dinheiro brota em árvores?

Esquema também parece ser uma palavra chave e mágica daqueles tempos. Aparece, como verifiquei, com vários significados.

Restaram as histórias dos tempos do exílio.

Sinto que nunca serão esquecidas. Se não eu, outro as contaria.

Surgiam, aparentemente, do nada. Elas traziam tudo! Falavam de coisas que só podiam ser ditas daquela maneira. Justificavam todas as verdades e ilusões vividas e desejadas.

Muitas foram contadas por meus amigos, nas cálidas noites de verão, ondas de calor se irradiavam do chão aquecido pelo sol do dia, nuvens de besouros esvoaçavam, batendo ruidosamente contra as paredes. Ou nas longas noites de inverno, inesquecíveis horas passadas frente à lareira.

Chegavam num invisível tapete mágico ou brotavam do fogo, tocavam nossa pele, mexiam com o coração. Penetravam os pulmões, junto com o cheiro da lenha de eucalipto. Outras inventei quando da minha vez de narrar. Elas nos ajudaram a passar o tempo, eram discutidas e eram gozadas por todos, não no sentido de serem engraçadas, mas por provocarem o gozo, prazer, uma massagem nos sentidos.

Escapistas!, bradava nosso marxista-dinossauro, literatos de meia-merda! O mundo se arrebentando e vocês se divertindo com contos da carochinha! Pode ser, mas que é, finalmente, a literatura, senão uma forma de recontar e reinventar uma realidade que se transforma a cada instante? Um fato não é o fato, mas a sua lembrança. As células cinzentas elaboram sem parar, em cima de outras elaborações que são, por sua vez, reelaboradas e...

Ele mesmo nos deliciou com relatos das lutas de classes através dos tempos, quando era sua vez de contar. Afirmava apenas repetir narrativas e doutrinas aprendidas em cursos clandestinos para revolucionários: porra, não vou inventar nada, porra! Sou adepto convicto do realismo socialista, qualquer babaquice emotiva é para oprimir as classes trabalhadoras! Mas a emoção da sua voz e do seu discurso o traíam. Ele estava, como todos, contando histórias, acrescentando detalhes, criando diálogos, fazendo ilações! Ou não teria contado a incrível história do idealista burguês Dom Quixote, que, após arregimentar a massa, leia-se Sancho Pança, arremeteu contra a sede e o coração do capitalismo, eufemisticamente transformada em moinho. E ficou irritadíssimo quando recordamos o resultado de tal ataque!

Assim se passaram as semanas (meses? anos?), difícil precisar o período de tempo lá vivido.

Num dado instante começaram a se misturar todos os pôr de sóis.

Tornou-se impossível saber qual foi o mais belo ou significativo, em qual noite de lua cheia alguém disse que... pelo menos um eclipse da rainha-lua foi assistido e aplaudido; um eclipse total do astro-rei trouxe o brilho das estrelas em pleno dia, quando a escuridão se estabeleceu. Foi um momento agitado, pois alguns campônios gritavam e se ajoelhavam, temendo o fim do mundo! Houve tempo de tempestades e tempo de bonanças, assistimos a chuvas de meteoros, linhas brilhantes e fugazes deslizavam pelo céu, aprendemos que a estrela matutina é, na verdade, um planeta, em qual quinta-feira, quando mesmo?, o tempo passou.

Quando retornamos a nossa cidade, encontramos pequenas e sutis mudanças.

Havia ruas com pavimentação nova, mais postes de iluminação.

Passo em meu apartamento, encontro o porteiro, conta que procurou o hospital público que lhe recomendei quando parti, foi operado, está bem, mas teve que pagar a anestesia, medicamentos e outros serviços "por fora", senão não seria operado, cada curativo teve de ser pago senão não seria feito, está chateado, teve de se endividar, afinal era ser operado ou morrer, mas deve tanto dinheiro, não sabe o que fazer. Foi extorquido de todo o dinheiro do bolso e de sua correntinha de ouro com uma medalhinha, presente de sua madrinha, na entrada do centro cirúrgico, por uma enfermeira que o advertiu que se não desse algum dinheiro, iria ficar abandonado depois da cirurgia, e aí, meu, ninguém tem culpa do que pode acontecer, se não pagar algum o doutor não vem te ver!

Numa banca de jornais, leio manchetes sobre desabamentos e explosões misteriosas em edifícios comerciais. Ocorrem porque ocorrem! Sem causa. Favelas se incendeiam. Por nada. Uma casa que vendia fogos de artifício explodiu e matou 2 634 pessoas. O dono nega e afirma que foram apenas 2 000, os jornalistas sempre exageram, afirma. A periferia da cidade é dominada por bandos que invadem escolas, agridem professores e, apenas para passar o tempo, matam alguns alunos. Os estupros continuam ocorrendo, como sempre, e há um inédito surto de amputações, a dentadas ou com gilete, de paus e pirocas.

De uma urbe vizinha, como se propaga esta peste, chega a informação de que um asilo especializado no tratamento de idosos, pago e sustentado com o dinheiro dos contribuintes, matava seus hóspedes, induzindo diarréias infecciosas. Com o fim único, óbvio e evidente de aumentar o lucro da instituição. Num certo domingo, metade dos velhos internados morreu e o ir e vir dos camburões do Instituto Médico Legal espantou a vizinhança, que comunicou o movimento desusado aos jornais e às autoridades. Além de acusar os velhinhos de ingratos, por morrerem com tanta facilidade, o dono, numa reunião secreta com os médicos de sua equipe, anunciou que todos iriam perder seus empregos por causa de algum incompetente que sequer soube dosar o grau de contaminação necessária para que as mortes ocorressem em número aceitável e adequado. Idiotas, não era para matar 62 velhos em um só domingo! Quantas vezes eu disse que não era para ultrapassar 16? Onde vou investir meu dinheiro agora, digam-me? Asnos!

Não há mais sem-terras, conta um passante, morreram todos, de repente houve um surto incontrolável de rajadas de metralhadora. Sim, o Carandirau foi fechado e em seu lugar há uma fábrica de lingüiça.

Os pedintes e deficientes incorporaram-se à paisagem urbana: os criadores da moda, subvencionados pela municipalidade, encarregaram-se de vesti-los adequadamente, para que não chocassem os transeuntes, com sua feiúra e pobreza. Eram maquiados, diariamente, para que sua cor cinzenta não assustasse às crianças da classe média. Nóis é pobre, mas nóis usa roupa di grifi, afirmou uma pedinte de esmolas, supercolorida por um artista vanguardista, enquanto me afanava o relógio de pulso, quando parei junto a um sinal de trânsito, agora, nóis tem estatus!

Na televisão, vejo anúncios recentes da ParilSilverShitRoseDeathStar (uma fusão até no nome, pois as companhias decidiram otimizar os serviços), oferecendo enterros de primeira classe, os corpos serão transportados por planadores não poluentes, portanto ecológicos. O médico do filme anterior, agora envelhecido, com rugas e cabelos brancos, veste fraque roxo e uma cartola decorada com cifrões, garante: Só nós oferecemos a Terapia-Velório-Enterro, três serviços pelo preço de um! Nosso negócio é a morte e, posso garantir, temos longa experiência no assunto. Morra! Nós faremos o resto! Mas, atenção, nossas cláusulas contratuais excluem as mortes naturais! Associe-se agora e ganhe de brinde, uma mortalha personalizada e confeccionada sob medida! Por ínfima e desprezível taxa adicional, fornecemos completo serviço de carpideiras, que transformarão seu enterro e o de seus entes queridos numa tragédia grega que fará seus vizinhos morrerem-ah!ah!ah!-de inveja! O menor tempo de Terapia, curso rápido de harpa incluído! O máximo em Velório! O Enterro mais suntuoso! Não porta mais o estetoscópio, mas sim, uma calculadora que fornece, com rapidez, taxas de juros simples e compostos. Também tem um mostruário de caixões. Ao fundo, numa verde campina, aparecem cavalos fumando longos cigarros com filtro, uma égua com biquíni minúsculo e óculos escuros contempla, apaixonadamente, um musculoso garanhão manga-larga. Proteção total, um deles relincha. Um vaqueiro está sendo autopsiado, pois morreu de câncer nos pulmões, com todas as metástases a que tinha direito. Bichos-preguiça de saiote dançam rumba numa praia do Caribe, enquanto uma garçonete serve *dry crack on the rocks*. No canto direito da tela, uma loira envelhecida, ensina os princípios da prostituição infantil para jovens escolares pré-púberes, que dançam com a arte e engenho de competentes profissionais. No canto oposto, um programa dominical de sucesso: todos jogam tortas e bolos na cara, uns dos outros, enquanto tomam banho numa enorme banheira de cristal, uma jovem de ar triste mergulha e procura ninguém sabe o quê, o público gargalha. Estão felizes, ganham uma miséria, mas seus ídolos são milionários, fortes e bem nutridos. Intervalo e aparecem as manchetes da revista *Glúteo's*, a revista preferida das elites, especializada em acontecimentos sociais e mundanos: A Princesa da Suécia afirma que seu hímen se refaz todas as noites: "sempre serei virgem!" (mãe, que é hímen?, é como os rico diz cabaço, fia.), O desjejum de seu goleador predileto (mãe, eles comem de manhã!), Transo no táxi e dou a calcinha para o motorista (que mulher! será que eu teria coragem?) Como é boa a vida!

Ratos e ratazanas estão em intensa atividade, correm pelas ruas e praças. Lugares há, em que se tornou difícil andar, tal o número desses roedores que cobrem o chão, formando um tapete vivo e ondulante. Não atinei, ainda, com o significado do fato. Ratos!

Cidadãos se queixam de enormes gânglios que surgem nas axilas e regiões inguinais e que supuram, imediatamente antes da morte (verdadeira, *i.e.*, com cadáver). Queixam-se para o nada, pois ninguém os ouve, desde que não são considerados doentes. Outros têm manchas negras ou vermelhas no dorso, que surgem horas antes da morte física. Na verdade, morrem em total solidão e abandono, pois as pessoas, além da natural repugnância pelo aspecto desses moribundos, temem o contágio e, simplesmente, os abandonam. Encontrei alguns corpos em decomposição no elevador e na garagem do prédio em que moro, os moradores fingiam ignorar sua presença bem como a do cheiro putrefeito que exalavam. Como o arroz está caro!, exclama uma vizinha, esquivando-se para não pisar um cadáver, não sei onde as coisas vão parar! As autoridades chamam essa doença de Peste.

Há carroças por toda parte, carregadas de corpos sem vida, empilhados. São levados para valas comuns, não é possível enterrá-los como antes, um a um, não há tempo nem local para isso. O céu está encoberto por nuvens de fumaça proveniente das piras crematórias. O que fazer com tantos corpos? O rio Tietê ganhou a aparência do rio Ganges, pessoas se banham e lançam nele as cinzas dos familiares, enquanto entoam mantras e tangos.

As ações das fábricas de cal e das indústrias de lenha e querosene estão em alta vertiginosa na bolsa de valores. Também as das fábricas de perfumes. Excelente investimento apregoa um jornalista econômico. Compre na baixa e venda na alta, este é o segredo da fortuna!

Um traficante nos oferece penicilina. Outro vende paçoca e amendoim salgadinho.

Nota do editor: este escrito foi encontrado ao lado do corpo do autor, abandonado num ermo da urbe de que tanto fala. Tinha manchas negras, confluentes, no dorso e no abdome, ou no que restou dele, já que estava parcialmente comido por urubus. Os gânglios inguinais e axilares estavam em franco processo de supuração. Um caso a mais de peste bubônica, disseram os esculápios e galenos epidemiologistas.

O manuscrito estava parcialmente desbotado pela ação das intempéries e a letra era de difícil leitura, como ocorre em tantos praticantes da profissão médica. No caso, agravada pelas manchas de lama e sangue, que impregnavam os papéis.

Uma busca, devidamente autorizada, nas gavetas e escaninhos de sua morada, revelou outros manuscritos e disquetes de computador com histórias, narrativas e lembranças. A temática sugere que sejam as histórias do "tempo da grande peste". Não há indicações precisas sobre datas ou sobre autoria, se próprias ou de seus companheiros de exílio. Alguns desses companheiros foram entrevistados, mas haviam varrido da memória qualquer lembrança do período, nem sabiam a que se referiam as perguntas dos entrevistadores. Em um CD quase vazio lia-se, como o intróito de um diálogo: "Nesta noite cuspirei no seu cadáver", frase perdida no meio do nada e só citada aqui pela sua força.

Não se chegou a um consenso da "peste" à qual o autor se refere. Com certeza não é o mal atual, muito bem caracterizado por nossos eminentes higienistas e discípulos de Hipócrates, Galeno e Maimônides como um surto de peste bubônica associada a uma virose de origem indeterminada.

As narrativas são apresentadas a seguir, sem nenhuma pretensão de ordenação cronológica. Havia comentários, no manuscrito, sobre as várias histórias, que foram ignorados, a bem da clareza e concisão. Nenhuma passagem foi alterada.

Neste "Proêmio", parágrafos incompletos foram eliminados, não se decidiu se eram observações ou se iriam pertencer à versão final: há trechos, quando o autor discorre sobre as elites, escritos com caneta diversa daquela usada na maior parte do texto, podendo-se deduzir que foram notas acrescentadas *a posteriori*. Pode-se ler, a título de exemplo: "...esses elíticos (?) nababescos, quando congraçados, e usualmente o faziam em volta de uma mesa ou no balcão dos bares dos teatros, tinham uma atitude semelhante, um ar de distanciamento, de neutralidade, de descaso, por vezes até de nojo, como se estivessem cheirando peixe podre, um ar de frieza e espanto, como se dissessem puxa, nem sabia que esses problemas existiam!, ou como alguém pode se manter com um salário tão baixo! Isso era dito enquanto se serviam de peixes nórdicos, comidas raras e uísque envelhecido, que, aliás, eram alvo de longas conversas e comentários sutis (!), que salmão delicioso! só comi codornas enterradas tão boas em Paris, ou teria sido na Gasconha?, parabéns! onde você encontrou? você está ótima de longo! seus seios ficaram lindos!, esta soprano é fantástica, mas tem muito o que aprender, certas vozes precisam dos efeitos do tempo, como os bons vinhos", ou "Páginas inteiras dos jornais eram dedicadas às atividades dessa elite, quando os cronistas sociais descreviam minuciosamente os trajes, jóias e penteados que as damas usavam, e discorriam, com intencional tom de pouco caso, como se não fossem assuntos dignos e sérios, sobre comportamento e negócios".

Num outro local, há diálogos com o assistente/alterego, sugerindo uma inversão de papéis: "Por vezes, releio o que escrevi e percebo [ilegível] mas vivi momentos e fatos em que pessoas, em particular colegas médicos, tiveram comportamento tão dedicado e amoroso, ao mesmo tempo, tão eficaz, e senti isso na própria pele, quando tive um [ilegível] mostraram competência e profissionalismo, bolas, intervém meu assistente, você mesmo insistia que a virtude não precisa ser exaltada por ser coisa natural, pois é, respondo, mesmo assim percebo que ao lado de tanto mal, havia muito bem [ilegível] acho que você está se afinando, ele retruca, está com medo de dizer o que realmente viu e o que realmente pensa, o mal e o bem estão dentro de nós e não fora, continua, quando você, e isso depois do exílio, trabalhou em espeluncas, entre marginais que mal sabiam o que estavam fazendo, inventando laudos e diagnósticos apenas para preencher um relatório, e quanto mais incompreensível e repleto de palavras inúteis e rebuscadas estivesse, melhor, para impressionar com tanta sapiência quem os lesse, pois era necessário, para justificar o seu salário, enviar alguma coisa que tivesse ar de ciência e arte, pior, fazendo exames solicitados por incompetentes natos e diplomados, você também foi marginal, também fez parte do bando, da súcia, da corja, da curriola, da quadrilha, da malta, da vara. A burguesia estava coberta pela merda! Sempre esteve! E você estava junto, afinal é a sua classe! Não me consta que você tenha perdido uma noite de sono que fosse pelas matanças que contemplou e absurdos sociais que viveu! Ou vai dizer que precisava ganhar a vida, que apenas obedecia a ordens e que as coisas haviam mudado, que agora eram assim mesmo. Será possível que você ainda não percebeu de onde vem essa peste?"

Cremos não haver provocado nenhuma alteração do sentido do texto original com esse procedimento.

Polifonia

"Sou inspetor. Passo meus dias nas ruas, buscando irregularidades. Para poder multar. É a minha função, meu trabalho. Meu chefe diz que as coisas devem ser assim: 'Eles não podem sair dos limites da lei! Devemos multar, intimar'. Na verdade, multamos pouco. Chamo o cidadão faltoso de lado e explico que pode ser feito um acerto: ele me paga 1/5 do valor da multa, eu retiro a intimação. Tenho mulher e dois filhos e com o salário que recebo! Eles precisam comer, vestir-se, ir à escola. Meu chefe, claro, fica com uma parte do que arrecado, usualmente, a terça parte, mas hoje ele exigiu a metade. 'Só por uns meses, tenho que fazer um tratamento e meu chefe exigiu mais dinheiro, senão me transfere para um local distante, sem possibilidade de qualquer ganho extra. Nem sei mais o que fazer, o dinheiro não dá para nada.' Meu chefe é barra pesada, importante. Na repartição senta-se numa mesa enorme, tem dúzias de carimbos; os requerentes chegam, ele procura o carimbo referente àquele despacho, assim passam-se uns dez minutos, ele finge que não acha, levanta-se e vai tomar um café, o requerente sorri, sentado feito um bobo, senão sabe que vai sair sem os papéis carimbados, meu chefe coça o saco sem parar, hábito feio, as secretárias desviam o olhar. Eu é que ando o dia inteiro pelas ruas, buscando coisas erradas. Nem me pagam as solas de sapatos que gasto! Eles passam o dia no gabinete, discutindo o que fazer para aumentar os ganhos e a aposentadoria."

"Sou médico. Estudei durante seis anos na faculdade em período integral. Mais alguns anos de estudos para especialização. Era o orgulho de meus pais, que morreram achando que valeram a pena os anos de sacrifício para pagar minha formação. Minha mãe me contemplava com orgulho e dizia que eu iria salvar muitas vidas e ficar muito rico, viajar, conhecer o mundo. Salvei, sem dúvida, algumas vidas. Hoje, vivo da credulidade, até mesmo da doença dos outros. Atendi, ontem, um cliente que é chefe dos inspetores de alguma repartição. Queixas vagas, indefinidas, examinei-o, ele não tinha nada; absolutamente nada. No final da consulta, quando eu me preparava para receitar um placebo ou qualquer medicamento inócuo, minha mulher me chamou ao telefone e avisou que o técnico da instalação elétrica queria receber seu pagamento, que eu providenciasse o dinheiro. 'Tudo bem, meu amor', respondi e voltei-me para meu cliente-inspetor. Disse-lhe que tinha uma séria moléstia no fígado, porém, controlável e até curável, se tratada a tempo, e que seria necessário, caso quisesse ficar bom, um tratamento com ultra-sons, aplicado no órgão. 'Devemos começar imediatamente, para não perder tempo, essa doença pode ter sérias conseqüências', disse. Ele empalideceu, perguntou quanto iria custar, respondi-lhe, ele hesitou, fiz algumas facilidades quanto ao pagamento, ele concordou. Meu aparelho de ultra-som estava quebrado, mas as luzes do painel se acendiam, vermelhas, verdes e azuis. Escureci a sala e simulei uma "aplicação". Ao final, ele estava sorridente e referiu sentir-se bem melhor! Pagou o preço combinado, combinamos as próximas sessões. Fui para casa e paguei o técnico."

"Sou técnico-instalador, eletricista, pedreiro, vivo de biscates. Um cano quebrado aqui, uma troca de fiação ali. Tenho mulher e três filhos. O último é muito doente, coitado, nem sei o que vai ser dele quando crescer e ficar sem a gente. Saio às ruas ou apanho um trem do metrô, pela manhã, distribuo panfletos, quem precisa me chama para fazer reparos. Se não me virar, as coisas ficam feias, não posso parar. Ontem, a mulher de um doutor, me chamou porque não conseguia ligar a televisão e também porque as luzes da sala não acendiam, se eu podia resolver. Examinei as coisas e achei apenas um fio com mau contato, dava para resolver o problema com uma chave de fenda e fita isolante, mas eu disse que era necessário trocar a fiação de todo lado direito da casa, que ia custar caro, era um serviço de precisão, ela aceitou na hora, que não ficasse sem a televisão na hora da novela, disse que começasse logo, precisava sair com as amigas, tinha um jogo de bingo combinado. Meu filho doente, por vezes, chora sem parar, tem uma doença sem cura, não sei o que fazer. Os médicos disseram que eu assinasse um papel para ele ficar internado num hospital, para ser estudado, era uma doença muito rara, quem sabe ajudaria aos outros doentes, mas não assinei, se não tem cura, então que fique em casa, perto de mim. O doutor chega, pergunta à empregada onde está sua mulher, ela responde que saiu, não falou onde ia, ele me paga. Volto à minha casa e encontro um recado de um inspetor, um cara que só sabe coçar o saco, para que o procure amanhã, sem falta, senão perderei minha licença de trabalho. Minha mulher saiu, vou preparar um jantar para mim e meu filhinho."

"Faço meu *trottoir* nas ruas do centro. Sou autônoma, pago a previdência social, moro em apartamento próprio. Fiz de tudo na vida, carregava água quente para que as bacanas se lavassem depois de uma transa, fui iniciadora de meninos, trabalhei em espetáculos de *strip-tease* num inferninho da rua Aurora. Virei especialista em sacanagens de boca. Também em massagem de bunda, sento no cara, me arrasto para todos os lados. Chupetinha simples e fonte de Vênus, minha especialidade, borrifo tudo na cara do freguês. Ou chupetinha completa, engulo tudo, os caras gozam de novo, só de ver. Tem um inspetor que adora e fala: 'Quero mais, quero mais!, me molha, me afoga!' Não sei onde ele arranja toda essa grana, eu cobro caro pacas. Também tem o banho de língua, caio de boca no cara, inteirinho. Tenho um cliente que é médico, quando necessito me aplica uns ultra-sons, que disse que a coisa que faço é tão doida, que eu devia exigir um *check-up* antes, para saber se o gajo vai agüentar. Fui representante das putas do meu bairro, num congresso feminista, negócio legal, televisão filmando a gente, as burguesinhas botando falação sobre nossos direitos, cada uma faz o que quer com o próprio corpo, cada uma é dona de si mesma, acabar com a exploração, chega de machismo besta. Lindo, no fim, cantamos hinos e um deputado falou que doravante as mulheres teriam seu trabalho respeitado. Uma assistente social veio falar comigo, coitada, tão magrinha e sem peitos, não ia agüentar cinco minutos de trabalho de verdade, fez uma entrevista, ofereceu-me um emprego digno, palavras dela, assim eu poderia sair da rua, eu morri de rir, disse que o que ela me oferecia por mês, eu ganhava em duas horas, ela se assanhou, eu saí correndo dali. Na esquina, o bestalhão daquele guarda ameaça me prender se eu não der logo a grana que mando toda semana para o distrito, tudo bem, digo, aqui está a grana, pegue mais, leve algum para sua casa também, ele agradece e se vai. Vou buscar a mulher do eletricista, quer aprender comigo como se faz o mixê. Gente fina, trabalhadora. Quer subir na vida, ganhar uma graninha, o marido é uma besta, o filho pequeno é lesado."

"Fabrico roupas íntimas de mulheres. Aprendi esse ofício na indústria de um judeu do Bom Retiro, de quem, um dia, comprei o negócio. Fui oficebói, vendedor, gerente, sempre trabalhando para ele. Um cara boa gente, de vez em quando a gente saía, ele me pagava uns tragos, passávamos uma noite jogando sinuca e tomando cerveja. Ele morreu na confecção, cortando panos, sozinho, como queria, pelo menos, é o que dizia. Sua mulher e filhos nunca falaram comigo, acho que pensavam que eu roubava o velho. Minha vida é simples, trabalho o dia inteiro, por vezes vou a um cinema, durmo cedo. Este ano, quero ir à Itália, visitar a casa da família. Meu filho me anima para fazer a viagem. É o mais velho, é inspetor, mora numa casa linda. O mais novo saiu muito cedo de casa, está por aí, fazendo biscates. Nunca mais me procurou. Eu também o ignoro, apesar de ter muita vontade de saber por onde anda e o que faz. Para dizer a verdade, morro de saudades dele, era um menino muito bom, mas, num certo momento, se afastou e eu também. Um médico me examinou e disse que minha próstata está muito grande, mas que tudo pode ser resolvido com umas aplicações. Não sei se quero resolver. Nessas alturas, quero viver o tempo que me resta, viajar, comer enquanto tenho dentes. Hoje à noite, tenho um programa com uma moça. Ela veio comprar umas roupas, as que usa são muito apertadas, deixou aberta a porta do trocador, para que eu a visse. Gostei muito, eu a via de costas e de frente, refletida no espelho, e, hoje, vou fazer um programa com ela. Tem uma boca! Se tudo funcionar, carrego ela junto, na minha viagem e quem sabe, role alguma coisa mais longa. Se não, acabo ficando sozinho, que nem o judeu que morreu cortando pano."

"Desde pequeno eu me expressava muito bem. As palavras complicadas e longas me impressionavam e, rapidamente, aprendia seu uso correto, os professores babavam de orgulho e prazer quando me ouviam falar. Resolvi estudar e hoje sou causídico. Sem dúvida, meus dotes de oratória e de escolher palavras de uso incomum me dirigiram para esta profissão. Pegava, no início da minha carreira, o que viesse, probleminhas trabalhistas, atentado ao pudor, imaginem só, alguém dar queixa à autoridade policial porque passaram a mão no rabo, tempos pudicos! Depois, especializei-me em criminologia, mas tudo que tenho veio dos áureos tempos da repressão. Que bom morar e trabalhar sob uma ditadura! Era um trabalho metódico: um indivíduo era preso, suspeito de atividades contra o regime vigente; naturalmente, obtinha-se alguma coisa culposa ou alguma ligação suspeita, em geral eram estudantes, gente de classe média, na turminha sempre tinha alguém de esquerda, coisa abominável. Aí, entrava a catimba. Os pais desses indivíduos me procuravam, querendo tirar os filhos das mãos das autoridades. Falava-se em torturas, pressões... Pagavam o que era pedido. Estipulava-se a quantia, eu rachava com a autoridade envolvida, os pais enviavam os filhos rebeldes para o exterior e pronto, tudo resolvido. Sempre afastei meus filhos dessa gente. Esquerdistas de merda! Os idealistas me dão nojo, querem mudar o mundo, subverter, para que tudo volte a ser como antes! Meus dois filhos também são causídicos. Minha filha era uma revoltada. Desde pequena. De alguma maneira, envolveu-se com esses pseudolibertários, sua revolta contra tudo e todos era tão grande, que foi embora. Um dia chegou um investigador e disse que minha filha estava presa por atividades subversivas. Claro, por uma quantia elevada, ele poderia dar um jeito e fazer com que ela cruzasse alguma fronteira e fugisse para um local seguro. Mas ela recusou qualquer auxílio que viesse de minha parte! Depois, sumiu, evaporou, dizem que fez uma plástica, não sei se para mudar de face ou para se recompor, após o tratamento que recebeu enquanto presa. Não gosto do que vejo. Antes, as coisas eram definidas, o cara era a favor ou contra, mas, hoje! Há alguns meses contratei um detetive, para que localizasse minha filha, ele saiu por aí e ontem apareceu dizendo que ainda não tinha certeza, mas que havia evidências de que ela morava na cidade e que era prostituta, rameira de rua, se eu quisesse saber mais ele investigaria, mas queria saber se eu queria mesmo ir até o fundo das coisas, sabe como é, eu disse que parasse, chega, é uma loucura, não acredito."

"Tão bonita! Espalha-se sobre a mesa. Cabelos longos e ruivos, brancos na raiz. Esses detalhes sempre me chocam e me fazem pensar, a pintura das unhas, as roupas, a cor das calcinhas. Alguma coisa está errada, esta mulher está vazia, afunda-se ao toque, pode ser amassada! Madura, porém mais jovem do que as que costumam estar aqui. Passo as esponjas, com carinho, como eu é uma mulher e assim quero ser tratada quando chegar a minha vez. Com doçura. Por uma mulher. Descubro cortes nos flancos, recentes, cuidadosamente suturados, trabalho de cirurgião. Recentes, claro, pois não há cicatrizes, os lábios das feridas são nítidos! Nos dois lados, nunca vi! Também as pálpebras estão suturadas, grosseiramente, apenas para mantê-las fechadas, nunca vou saber a cor de seus olhos. Palpo as órbitas e percebo o vazio de córneas retiradas. Todo o corpo, de tão leve e sem conteúdo, ondula na mesa de mármore, parece uma gelatina. Essa mulher foi esvaziada, ficou sem nada dentro. Palpando mais profundamente, sinto a crepitação da palha, com a qual, certamente, foi enchida. Uma mulher com enchimento de palha! Apelo ao meu supervisor, estou assustada, ele me diz para deixar de ser curiosa e continuar o meu trabalho, está tudo bem, diz. Mas este corpo está vazio! É evidente que seus órgãos continuarão dentro de alguém. Alguns viverão por empréstimo, mas viverão. Um fígado aqui, um rim ali, um pâncreas acolá. Tiraram tudo, nunca vi!

Lavo os corpos, antes que sejam enterrados. Também ajudo a colocar a túnica de linho cru. Como hoje, por vezes, sinto ser a última testemunha, a última pessoa que os vê. Não sei se isso tem alguma importância, mas, fico pensando. Acho que não é só lavar, é meu o derradeiro olhar, o último toque. Mas meu chefe disse que está tudo bem! Um velório como os outros, cheiro de velas queimando, algumas pessoas choram, outras conversam pelos cantos, tomam café, fumam. Contemplo a família, minha colega, que acaba de lavar o corpo de um velho, sussurra, enquanto aponta, disfarçadamente, que o filho da mulher que lavei é médico, sujeito famoso. Eu o observo, está com a mulher, ela está de preto, óculos escuros, um lenço sobre a cabeça, contemplo o médico, tem ar de enfado, parece que não tem nada a ver com o que se passa, e um pensamento horroroso me passa pela cabeça. Não pode ser! Mas aquele corpo vazio! Nunca vou esquecer!"

Dotô Mocinho

Sua voz começa a se empastar, estamos bebendo umas e outras, redobro a atenção para entendê-lo.
— Hoje pela manhã, no hospital, atendi uma jovem mulher. Habitante da zona rural, sandálias rotas, pés sujos de barro, roupas velhas e amarronzadas. Trazia a filha para uma consulta.
As queixas eram pouco precisas, a dô é pur aqui, ela apontava difusamente o abdome, às veiz sobe nus peito, uma dô na metadi da cabeça, as tripa vira tudo, vormito até bile, passo mal, a cabeça lateija, a luiz dói nos óio, só enxergo metadi das coisa.
Tomo mais um gole de cerveja. Uma idéia chama outra que chama outra. Vejo-me diante de um prédio de concreto, um imenso bloco retangular. Ali se operam corações, chovem recursos. Duas quadras adiante, um cortiço, casa invadida, crianças morrem de fome ou diarréia,

não há recursos. Leio nos jornais, que as vacinas se contaminaram ou acabaram e que as crianças, pelo menos as de famílias que não podem pagar um médico particular, terão de aguardar até que cheguem as novas remessas. Nota de quinta página, sem nenhum destaque. As licitações para as novas compras já foram iniciadas, temos de seguir a lei, elas que aguardem, porra, explode o secretário da saúde, que mais posso fazer? Ampliar o hospital de isolamento, pois voltarão os doentes com sarampo, pólio, difteria e sei lá o que mais. Que tal uns tetânicos, só para enfeitar, faz tanto tempo que não vejo aquelas fraturas de vértebras! Ele, com certeza, não me ouve e continua, as concorrências com as empreiteiras já foram iniciadas e a cidade terá orgulho das novas unidades, fotografe-me de perfil esquerdo, diz ao fotógrafo, enquanto se penteia. O paço municipal está quase pronto, afirma o secretário de obras públicas, será inaugurado com uma queima de fogos nunca vista, vamos trazer um trio elétrico de Feira de Santana e a Daniela Mercúrio, êta cantora boa! Um jornalista faz rápidos cálculos e conclui que com o dinheiro gasto para a nova casa da administração e com a festança, seria possível vacinar metade da população infantil com pelo menos duas doses das vacinas recomendadas, o que o senhor pensa?, secretário, não discuto com comunistas, isso não é pergunta que se faça!, ele responde, o povo gosta de festa. O secretário da cultura afirma que vai levar arte e lazer para a população da periferia, fazer com que poetas e escritores se aproximem do povo, para isso já contratou 27 jornalistas que irão assessorá-lo, o custo será baixíssimo se comparado com o benefício, e mais 19 profissionais da pena, também por um preço insignificante, afinal são todos da sua curriola, farão palestras, conferências e mesas redondas, apenas aguarda que as reformas sejam concluídas, os teatros estão num estado lamentável pela incúria da administração anterior, mas agora contamos com a colaboração, auxílio e compreensão da ini-

ciativa privada que finalmente assumiu seu papel social. Vamos mostrar ao mundo que temos vários Maiakóvski! Esse secretário não era socialista, um cu-de-ferro convicto? pergunto, sim um jornalista responde, mas ele afirma que agora é um neoliberal progressista democrático, veja só quanta merda é capaz de falar!

— Impossível melhor descrição de uma enxaqueca oftálmica. No interrogatório geral, perguntei se já havia sido operada. Já, dotô, mas eu era piquinininha, minha mãe falô qui ela quasi morreu quando eu nasci i qui um médicu tevi di mi operá purque minhas tripa tava de fora, saindo do umbigo. Ela levantou a saia e mostrou uma pequena cicatriz para-umbilical. Sabe quem te operou?, perguntei, sei não, respondeu, minha mãe falô qui era um dotô mocinho.

Eu operei essa mulher, há trinta anos. Num sábado à noite. Era uma nenezinha com eventração.

Fui ao Teatro Municipal, assisti a um concerto da Filarmônica de Strasburgo. Ou de Boston, ou de Paris. Ou de qualquer outra, são todas iguais, só muda o traseiro do maestro. Atravessei, quando saí, o centro velho de São Paulo: na rua Direita e na São Bento, os sem-tetos, mendigos ou miseráveis na antiga terminologia, preparavam-se para dormir sob as marquises das grandes lojas. Eram milhares. Uma tremenda agitação, eles forravam o chão com pedaços de plástico, rasgavam embalagens de eletrodomésticos que ali estavam para ser recolhidas, abriam cobertores. Passavam caminhões do serviço de limpeza urbana, carregando o lixo do dia armazenado em sacos plásticos pretos. Mendigos maldiziam os lixeiros, os lixeiros berravam impropérios, sai da frente, senão te carrego, dona Maria, tira esses peitos daí! Uma mulher nua, em plena rua Direita, se lavava com a água que tirava de um garrafão de refrigerante de dois litros, esfregava-se cuidadosamente com um pe-

daço de estopa e sabão de coco, ouviam-se gritos, aí gostosa, lava essa xoxota, vem prá mim, cheirosa! Viaturas da polícia passavam em alta velocidade, ouviam-se os atemorizantes guinchos das freadas. Cheguei ao Largo de São Bento, onde pretendia pegar o metrô.

— Eu freqüentava o hospital, nos fins de semana. Ficava num casarão adaptado. O serviço era tocado por um casal de médicos. Superdedicados. Eles me ensinaram muito!

('Dá para você ficar mais um pouco e me ajudar neste parto? Cuidar da criança, enquanto faço a episiorrafia?'

'Claro, doutora.'

'Então busque uns aquecedores, está muito frio.'

'O nenê tem uma eventração! O cordão rompeu juntinho à parede! Acho que vejo alças. Coisa pequena.'

'Você pode operar? Tem de ser com local.'

'Tem de ser feito, não é?')

— Operei, uma temeridade, o "centro cirúrgico" era a cozinha do casarão, a maca cirúrgica era a pia, ela me auxiliou. Quando as alças foram devolvidas à cavidade, a criança entrou em choque e teve uma parada cardíaca. Fiz massagem torácica, imagina, entre o polegar e quatro dedos, tão pequena era a nenê, respiração boca a boca. Estava cianótica. Foi posta numa isolete, em alguns minutos a cor voltou.

('Obrigada por tudo', disse-me a doutora, 'vou providenciar para que seja transportada para um berçário em São Paulo.')

— Não sei o que aconteceu depois, fiquei meses sem aparecer. Já formado procurei pela doutora, encontrei uma padaria funcionando no casarão, e soube que ela e o marido haviam se mudado para outra cidade.

As doze badaladas do Mosteiro de São Bento anunciaram a meia-noite, que saco, o metrô já parou! A praça estava iluminada pelos faróis de vários carros, dispostos em semicírculo, em volta da calçada central. Tinham os porta-malas abertos, carregados de panelões fumegantes. Pessoas bem vestidas passavam porções de alimento, de mão em mão, até mesas de tábuas longas, montadas sobre cavaletes. Uma fila caminhava lentamente, gente com cobertores sobre os ombros, crianças com o nariz escorrendo. Num canto, certamente o espaço delimitado como sanitários, três indivíduos acocorados, calças arriadas, cagavam na calçada e riam, cago em São Paulo, pois eu mijo! A fila era para pegar um prato de arroz, feijão, tomate e ovo cozido, que um grupo de cidadãos condoídos distribuía todas as noites. Fiquei sabendo que essa é a única refeição diária dessa gente. Afora restos de empadinhas ou sanduíches recolhidos do lixo. Quero mais feijão, reclamou um homem, arrumei trabalho, tô lavando calçadas, preciso de mais comida, hoje me ferrei, não tinha nenhum hamburgui no lixo do maqdondo, só uns teco de pão velho. Um perneta desceu a muleta na cabeça de alguém. Que é isso, reclamou uma senhora da ala das beneficentes condoídas, não quero brigas, agora é hora de comer. Esse fio da puta quis roubar minha muleta, dona. Uma garrafa de pinga passava de mão em mão, a noite era fria, os cobertores escassos. Uma família coberta com folhas de jornal e restos de papelão roncava e se agitava, todos embolados, apareciam braços, uma criança tossia a tosse espasmódica da coqueluche. Uns dez rádios de pilha, em alto volume, vomitavam música sertaneja, pregação de religiosos, propagandas e notícias esportivas. Chitãozinho e Chor...João Pão, do Itaim, êh, gente boa!, oferece a Mariazinha Rosca, pela passagem de seu natalício, com amor...Ame-o com sinceridade, pois a salvação é seu corpo sofredor...Quem ama usa camisinha...Cartilagem de tubarão, acabe com a osteoporose e com *a gastrite...A seleção vai botar pra quebrar, esses gringos vão ver com quem se meteram.*

— E hoje ela reaparece! Com a roupa marrom de tanto resto de pó da estrada e sujeira. Dizendo, na minha cara, que foi operada por um médico mocinho! Não fiz nenhum comentário, receitei a medicação para a enxaqueca. Pedi um hematológico, tinha as mucosas descoradas. Perguntei sobre as vacinas da filha, sei não, dotô, levu ela nu posto, uma veiz tem as vacina, otra veiz num tem, nóis num tem dinheiro prá pagá us médico particulá, mas graças a Deus, ela é forti, uma veiz quasi morreu di sarampu, mas minha mãe ponhô uma benzeção de fitinhas vermeias na cabeça dela i a tossi i a febre si foi, ela ficô boa. A menina é pequena, usa um agasalho muito grande, dança no corpo. Solicitei também um hematológico para a menina. Dotô, a mãe pergunta, será qui dá prá operá a minina?, ela tem uma hérnis nas viría. Às veiz dói, ela nem podi andá. Examinei-a. Ela manca, tem uma lesão do quadril. Atrofia da musculatura da coxa. Seqüela de poliomielite? Encaminhar para a ortopedia. A hernis é uma adenopatia, um bloco de gânglios enfartados, tem micose infectada entre os dedos dos pés. Ela tomou a vacina da gotinha?, perguntei. Tomô faiz tempu, dotô, mais tinha fartado luiz uma semana inteira i paréci qui as vacina estragô. Ela vai à escola? Vai não, dotô, num tem iscola perto i ela percisa ajudá nos trabaio da casa, a patroa é exigenti qui só vendo, pra que muié tem qui istudá? Aqui, nem homi vai na iscola!

Na esquina da rua São Bento, um casal começou a dançar um xaxado, uma turma se juntou, a bailarina teve um acesso de grande mal e caiu com a face contra a calçada, saía um filete de sangue de seus lábios, tingindo a baba espumosa, ninguém mexe que dá réiva, ela fica boa sozinha, deixa aí mesmo, e saíram todos dançando em volta da mesa de comida. A zabumba era um latão de óleo, o triângulo um cano de ferro, quem precisava de sanfona, se todos cantavam? Fuji dali, com o primeiro táxi que passou. Foi um concerto espetacular. Adoro Mahler. Adoro Mozart.

— Você está me ouvindo? —, ele pergunta, — claro, — respondo.

Estamos, meu amigo e eu, num bar perto do hospital, bebendo umas e outras. Um prédio moderno. Rua calçada. Ponto de táxi, à porta. Familiares dos doentes passeiam, fumam um cigarrinho, respiram e gozam a fresca.

Novos Tempos

Muitos anos de treinamento, o trabalho é feito quase sem pensar. CENTRO DE MELHORIA. DEPARTAMENTO DE PATOLOGIA FAMILIAR, CLÍNICA GENÉTICA. O antigo nome EUGENIA foi substituído por pressão de grupos progressistas.

O material chega de todas as partes. Corpos inteiros ou fragmentos vêm de centros cirúrgicos e prontos-socorros. Também das ruas e favelas, trazido por paramédicos.

Os turnos de serviço são de vinte e quatro horas. É um trabalho de grupo, impessoal e assim tem de ser, como embutido em nossas mentes nas incontáveis horas das Sessões de Análise e Persuasão. Foram necessários muitos anos para se atingir verdades tão simples! Vencer resistências dos que se opunham às mudanças.

Agora há Centros de Melhoria em todo o planeta. Comunicamo-nos em quatro línguas, indiferentemente.

O de Tóquio é muito engraçado! No final de cada consulta, oferecem saquê e fingem transformar as peças em *sashimi*. Uma vez enviaram a imagem de um feto bicéfalo, estava com o abdome aberto, com um punhal de haraquiri preso nas mãos, com esparadrapo. Gente divertida, mas competente.

Todo o tempo, trabalho. Até ajuda a automatizar. Não pense demais. Aja, as instruções são claras! Cinqüenta a sessenta peças num turno. Vêm em bandejas, embrulhadas em panos sujos, em frascos de plástico, cheguei a ver até um botijão do velho vidro.

É meu ano de chefia. Cuido da rotina e também do preparo de recém-formados, pós-graduandos e alunos interessados. Relatórios. Conclusões e sugestões.

Uma quintanista, em seu primeiro dia de estágio, chora num canto da sala. É belíssima, morena, olhos verdes, terá um patrimônio genético magnífico. "Examinar o genótipo, o fenótipo é um tesão!", arquivo, num canto da memória. Vomita ao assistir à eliminação de um feto de seis meses, que chega vivo (pelo menos com o coração pulsando). Uma reação normal, pelo menos, usual. Sempre documentamos essas reações iniciais. Um dia serão mostradas e inevitavelmente desencadearão o riso.

Para a eliminação dos sinais vitais dos embriões, empregamos uma técnica antiquada, mas econômica: o embrião é colocado sobre uma mesa e coberto com uma cúpula de plástico, que veda a entrada do ar circundante; a seu lado, próximo da cabeça, coloca-se um chumaço de algodão encharcado em duzentos gramas de éter. Aguardar dois minutos. Avaliar posição da curva X-X no monitor central. Zerou? Despacha. O próximo. Rápido, tenho entradas para um *show*, daqui a duas horas. Ainda quero tomar um banho e comer alguma coisa.

O choro da quintanista incomoda. Chora e vomita. Cobre o rosto com as mãos. Lamenta-se. Já vi isso. Que vá passear com alguém. Bolinar. Ser bolinada. Um cinema, um passeio. Ninguém se manifesta, eu a empurro para fora:

— Chega! Vá andar, arrume um namorado. Não seja imatura. Controle-se. Você está aqui para trabalhar e não para chorar.

— Vocês são loucos — ela diz —, juro que vi o doutor Mengalus matar um feto normal. Nenhum sinal de lesão. Ele coçou os bigodes, derramou o éter e cobriu a criança... —

— O feto! Mais ainda, não se mata, elimina-se.

— ...está bem, o feto, com a cúpula. Era róseo, respirava, chupava o dedo, movia as perninhas e os braços. Com o cordão e com a placenta. O cordão pulsava! De repente, parou. Olhos vidrados, abertos. Desabado sobre a mesa. Nenhum tônus. Um pedaço de pano. Nada. Morto. Pensei que estivesse sonhando. Aqui se mata. Por que fui designada para um lugar desses?

Desisto de convidá-la para uma noitada. É uma sentimental, coisa perigosa, não há lugar para isso, vou comunicar-me com a Chefia, não sei até onde pode prejudicar o andamento do trabalho. Anos de testes, de estudos, seleções, e me mandam uma bobalhona! Quem é o encarregado da seleção de pessoal? Maldição, uma parte física excepcional, uma cagalhona afetiva. Centenas de óvulos desperdiçados. Vou recomendar para Não-Reprodução e terão de concordar se ainda usarem o cérebro. Como portadora, estou seguro, será aprovada em todos os testes. Um vaso da dinastia Ming! Que mulher! Que olhos! Ela se vai.

Um médico tibetano, estagiário, assobia do outro lado da sala e exibe um feto que sustenta pelos pés: dois braços direitos, nenhum esquerdo. Faço um sinal de assentimento e ele pega o telefone, registrando inicialmente o meu SIM no registro central e liga para o Centro Cirúrgico, onde pai e mãe serão esterilizados. Não acontecerá novamente. Pelo menos se depender de nós.

Rabinos e padres andam pelo local. Rezam pelos cantos da sala. Murmuram, não nos encaram. Têm a sua presença assegurada por ordens de escalões superiores. Presença inevitável são como móveis, cadeiras e gravuras nas paredes. Ganharam nomenclatura específica entre nós, caíram no folclore do dia a dia. Referimo-nos a eles como o rabino *pastrami*, o padre careca. Não sei o que querem, recusam-se a qualquer adaptação aos Novos Tempos. Pois que rezem! Que orem! E que não perturbem a circulação de quem trabalha.

De repente as coisas param, gavetas se abrem, surgem baralhos e tabuleiros de xadrez, sanduíches e refrigerantes.

O tibetano vem comentar o caso do nenê-braços. Argumenta que não valeu a pena sequer gastar o éter.

— Na minha terra — diz — seria colocado na neve.

— Não há neve aqui — respondo — e haveria mais protestos.

Não é um trabalho compreendido por todos. Preferem ver e sustentar asilos e escolas especiais para nada. Sem resultados. Nada de vida. Nada de produtivo. Que mundo essa gente quer?

– O éter é caro no Tibet. Só isso, chefe.

Sempre os protestos! Contra toda mudança. Será medo? Mas, do quê? Estamos eliminando a infelicidade. Devagar, mas eliminando.

Com que critérios, eles perguntam. Com toda a ciência conhecida e possível, respondemos. Mas há erros, clamam. Claro que há, sempre houve, mas são insignificantes se comparados aos benefícios.

Vejam a Grande Berlim, livre de doenças hereditárias. Nenhum idiota. Nenhum débil! Zero de malformados. Nenhum instituto para recuperação de irrecuperáveis! Limpeza. Caíram os índices de criminalidade e não há mais alcoólatras. Sobram verbas. Civilização, lazer, cultura! Todo o tempo e todos os recursos para os sadios! Uma geração apenas, trinta anos de trabalho e de vontade de melhorar. Imagine mais trinta anos, será a perfeição.

Entro numa roda de pôquer. Alunos ainda tímidos e temerosos. Perdem sistematicamente. Mas vão aprender! Sairão daqui em três anos, firmes e especializados! Até no pôquer. Mais peças chegam, os jogos se interrompem. Medir, filmar, eliminar, fazer as lâminas, avisar quem pode e quem não pode continuar se reproduzindo.

Certa tarde houve uma pane nas linhas telefônicas e nove meses depois aumentou o índice de idiotas e de malformados. Houve repreensões e punições. Reuniões com a Chefia Continental. Banco Mundial. OMS.

Para relaxar um pouco, vou até a Clínica Obstétrica e contemplo, pelo Circuito Didático, um jovem doutor mostrar à mãe, o desastre que ela gerou em nove meses de gestação: um monstrinho, inúmeras malformações. Deficiente. Ela chora perdidamente, "meu filho será amado de qualquer maneira, cresceu dentro de mim". Implora por outra oportunidade. Ele explica que não será possível, ela só chora e se agarra no avental do doutor, que não sabe que atitude tomar, pois fora instruído a ser firme porém delicado, nos contatos obrigatórios com as clientes. Esse doutor sabe que está sendo observado por sua chefia e mesmo assim, num dado momento se põe a berrar com a mulher que não pára de uivar, já não chora, uiva como uma cadela, ele ordena anestesia geral, ela que se arrebente, o trabalho de seleção será feito com ou sem seu assentimento, para isso ele é pago e não será uma mulherzinha qualquer que irá desviá-lo do seu bom trabalho!

Adeusinho, dois ovários retirados e enviados para meu departamento. Não sabia quem era o pai, ou escondeu o co-autor. Na próxima, os colhões do próprio irão para o museu!

Meu intercomunicador soa e percebo as luzes vermelhas de Urgência Máxima! Volto correndo e deparo-me com um amontoado de gente à porta do meu departamento. Uma gritaria. A segurança não permite que nenhum estranho entre.

Muitos rabinos, com a cabeça absurdamente coberta por chapeuzinhos ou por chapelões. Em pleno verão! Gritam e se lamentam numa língua estranha. Não é possível, essa gente não existe!

Dois subchefes carregam-me para o telão de vídeo, todo procedimento, como sempre, foi documentado e assistimos aos fatos...

A peça chega, tem movimentos espontâneos, respira, é pesada e medida, são feitos raspados de pele e mucosas, instalação das baterias para checagem do DNA e do RNA, de todos elementos e estruturas gênicas mensuráveis. Retiram-se as amostras que serão congeladas para análise num tempo futuro, preparam-se o material de autópsia e os frascos para os órgãos, o éter, os usuais duzentos gramas, a cúpula, tem de ser trocada, percebe-se uma pequena rachadura.

E o feto, o maldito feto começa a luzir, a se iluminar com pontos de luz fosforescentes, brancos, verdes, amarelos, as cores do espectro, lógicas, harmônicas, iridescentes, fortes, suaves, em pulsos, todas as direções, iluminam o teto, as janelas, passam para a rua, intensas mas não ferem os olhos.

Consulto Tóquio, Berlim, Estocolmo e Tel Aviv, simultaneamente. Sem resposta. Ninguém se atreve. Ninguém brinca. Nunca visto.

Foram relatados pontos luminosos nos céus dessas cidades. Apareceram os malucos habituais. As rádios relatam manifestações de histeria coletiva! Tóquio sugere instalação de proteção imediata e respondo que não há nenhuma evidência de irradiação ou de substâncias tóxicas... "Não sabemos, cuidem-se! Alguma coisa está errada", dizem.

O feto cresce aos poucos. Somos contemplados por olhos azuis, aliás, são três, um deles na nuca, um absurdo embriológico. "Não é possível!"

Um dos médicos age com rapidez, espalha o éter e cobre a coisa com a cúpula. Mais alguns minutos e não caberia mais! O feto entra em agitação, escorre uma saliva viscosa de seus lábios, entra em apnéia, parada cardíaca. Linha X-X zerada! Enfim!

Dois olhos fechados, o da nuca aberto, alguém baixa aquela pálpebra. Chega. Os procedimentos de rotina. Abertura da parede abdominal e torácica... dois corações e que continuam a pulsar! Não existe! Mais luzes bizarras. Irradiam-se do tórax, do mediastino, dos pulmões. Os corações param aos poucos.

Ouvem-se sons inimagináveis, o choro das eternidades, a tristeza se espalha de uma maneira pegajosa, quase mortal, um sentimento de dor tão grande que todos começamos a nos contorcer, sentir coisas nunca sentidas, que é isso, vou correndo à psiquiatria, angústia, mortos e vivos se misturam, é uma ilusão, não pode ser.

Não tenho dúvidas e para isso fui treinado. Levanto um pesado microscópio e o atiro contra o telão. Arranco a fita de vídeo, rasgo-a e queimo os pedacinhos. Silêncio.

O ambiente se acalma. As secretárias sentam-se. Todos respiram com tranqüilidade.

Lá fora, a multidão de rabinos, acólitos, seguidores, malucos, alguns aleijados bradam aos céus e sacodem os punhos fechados em nossa direção. Gritam, nunca ouvi tamanha gritaria. Mas são pessoas gritando e não aquela indizível sensação de há pouco! Serão controladas, para isso existe uma segurança.

Reaparece a linda quintanista. Morena, olhos verdes, como é bonita, vou rever meus conceitos, quem sabe! Entrega-me uma carta de demissão.

– Loucos! Animais! Filhos da puta! –, diz, com ódio, – vocês não passam de cães raivosos! Vocês mataram o Messias! Um sujeito que ia redimir a todos nós. Trazer a felicidade! É o que esses velhos rabinos estão gritando! Vocês não valem nada, menos que nada! Não sentiram o que todos sentiram? Eu senti. Só vocês não sentiram?

Afasta-se chorando convulsivamente, sei lá por que, que pena, tem pernas lindas, e um traseiro sensacional, mas é uma instável.

— Que história é essa de Messias? — pergunto.

Ninguém responde. O tibetano afirma que já ouviu essa palavra, mas não a associa com nada.

Consulto, simultaneamente, todos os Centros de Referência. Sem resposta. "Não existe. Fora dos catálogos. Sem registro. Pare com brincadeiras. Você é maluco! Mais de 700 000 malformações descritas e você vem com essa história."

De Helsinque, vem a imagem de uma rena malformada, tem cinco chifres, oito patas e quatro caudas e o responsável local pergunta, rindo:

— Serve isso?

Garrote Vil, Século XXI

A ambulância pára. Um enfermeiro desce apressadamente e abre as portas traseiras. Essa urgência...

Foi em 1977. O camburão estaciona bruscamente, os pneus cantam. As portas traseiras se abrem ruidosamente e dele sai, transportado de maca, um doente. Do compartimento da frente, desce um médico, não acredito, – é você A.B.? – Depois conversamos – sussurra –, rápido, este cara está muito mal. O doente está cercado por policiais. É levado diretamente ao departamento de raios X e é examinado lá mesmo. Coberto por hematomas e equimoses. Marcas de queimaduras no tórax. Fede. Os dedos das mãos estão esmagados. Respiração ruidosa, cornagem, sinais de fratura da traquéia, olhos esbugalhados. – Tentou se enforcar – diz A.B. –, ninguém sabe porque. Estava preso para averiguações, coisa de rotina, e agora isso!

Dou as diretivas para as radiografias solicitadas, um residente faz uma traqueostomia. Convido A.B. para aguardar em minha sala. Após alguns minutos, um técnico vem me perguntar se deve fazer os exames, pois o doente acaba de morrer – Não faça mais nada –, interrompe A.B. Nada pergunto, mas ele começa a falar.

– Por que estou aqui? Você sabe que eu me tornei um especialista. Fiquei durante anos com o Grande Professor. Tinha a maior clínica de abortos que já existiu em São Paulo. Era demais. Ele convencia gestantes normais a interromper a gravidez. Ganhou rios de dinheiro, não foi necessário muito esforço, torcia para que tal ato continuasse ilegal. Assim poderia ganhar muito mais! Nem sei o que fazia com essa grana toda, mal tinha tempo de respirar. Ele morreu e suas clientes passaram a me procurar. Você sequer imagina o número de mulheres que me buscavam! Cobrava quanto quisesse. Aluguei, em seguida comprei, uma casa com aspecto neutro, parecia uma garagem. Nesse negócio e preciso discrição.

Um dia apareceu o delegado do bairro e disse que ia fechar minha clínica, abrir um inquérito, uma cliente apresentou queixa por maus tratos, outra saiu com infecção grave e precisou ser internada num hospital etc. Claro que tudo poderia ser resolvido mediante um acerto, falou. Ele me daria proteção, queria só a metade de meus proventos. Isso é um escândalo, respondi, doutor, já vi entrarem aí mais de dez mulheres num dia só, você pensa que não faço consultas normais?, disse, claro que não doutor, todas saem se arrastando.

Era pegar ou largar. Peguei, não tinha escolha. Que fazer?, precisava ganhar e aquilo era tudo que eu sabia fazer, meus filhos eram pequenos, mas acostumados com o que a vida tinha de bom. Eu também. Minha mulher nunca soube ou fingia não saber das minhas atividades, imagine que ela bordava a inscrição Volte, querida! em calcinhas que eu distribuía após os abortos! Pensava que era uma brincadeira que eu fazia com as clientes!

Por algum tempo, as coisas ficaram calmas. Todo fim de mês, eu entregava um envelope recheado para aquele marginal. Certo dia ele me chamou, em caráter de urgência.

— Temos um problema, doutorzinho.

— Fui conduzido a uma sala no subsolo da delegacia, havia gente amarrada nas paredes. Uma câmara de torturas. Em São Paulo. Pertinho de meu consultório! E ninguém estava preocupado que eu visse aquilo tudo.

Que aborrecimento, disse-me o delegado, apontando o corpo de um homem de meia idade, largado sobre um divã, esse sujeito morreu de repente. Quando íamos iniciar o interrogatório. Preciso de um atestado de óbito. *Causa mortis* neutra, infarto, pneumonia, algo assim. Por favor, faça já, preciso interrogar mais pessoas. Não se preocupe, a família não verá o cadáver, será entregue num caixão selado.

Percebi inequívocos sinais de queimaduras nos lábios e junto aos mamilos, o corpo estava nu. Fiquei mais gelado que ele. Inventei um atestado, minhas mãos tremiam. E falei ao delegado que nunca mais faria tal coisa.

Tudo bem, doutorzinho, depois conversaremos.

Comecei a ser chamado com freqüência. Para dar mais um atestado, acompanhar um interrogatório... Certo dia me recusei a ir e começaram telefonemas anônimos para minha casa, sempre de madrugada, obscenidades, ameaças. Minha mulher passou a ser seguida por carros sem placa, que davam pequenas batidas e a infernizavam.

Vou viajar por dois meses, anunciou-me o delegado, fazer um curso no exterior. Coisa fina. Avisei que você estará à disposição.

Todas as noites eu era solicitado para um trabalho. Manter um preso vivo, enquanto era interrogado! Você não sabe o que é isso! Gente pisada, um massacre. Verdadeiros animais. Valia tudo. Os presos já entravam apanhando, mal conseguiam falar. Uma noite, uma judiazinha, mal entrou e tomou uma porretada no tórax, acho que ela ia dedar todo mundo, tão apavorada estava, mas teve um pneumotórax, a porrada rompeu-lhe o pulmão, morreu ali, de pé, sem saber o que estava acontecendo. E os gênios gritavam: morre, comunista, filha da puta, judia chupadora, eu mato você, sua nojenta, vocês vieram envenenar nosso povo!

Os asseclas do delegado simplesmente matavam. Nem estavam interessados em "informações". É possível uma coisa dessas?

As atividades da clínica eram normais. Fazia sete a oito atos cirúrgicos por dia. Após dois meses, o delegado voltou e me chamou. Percebi mudanças na delegacia. A sala do subsolo havia sido reformada, ganhou aspecto de um bar, luzes cintilantes, alto-falantes. E novas cadeiras. Essas de diretores executivos. Ele me "convidou" para assistir a um interrogatório. 'Técnicas novas, para isso viajei.' Quando o suspeito entrou, quase entrei em colapso! Era meu colega de turma, não, não quero dizer quem é, ele sobreviveu, sei lá como, mas está por aí. Eu estava numa sala ao lado, acompanhando as coisas através de um espelho.

— Por gentileza, sente-se —, assisti-o dizer a meu colega, com simpatia. Colocou uma fita no aparelho de som, em alto volume, acho que um velho tango.

Ele sentou e seus braços foram presos aos braços da cadeira.

— Perdão —, sorriu o delegado, — é uma norma de segurança. O senhor aceita um café?

Devia ser um código, pois meu colega começou a tremer, a se contrair. Babava, seus músculos se contraíram. Teve uma tremenda convulsão.

— Idiotas — gritou o delegado —, eu não disse que era para começar com 200 volts? Imbecis! Doutor, vem dar um jeito neste cara — berrou em direção ao espelho.

Reanimei o caro colega. Sinais de queimaduras no períneo, sua bolsa escrotal estava do tamanho de uma bola de futebol, acabou necrosando, também o pênis, eu os removi dias depois, até hoje o coitado mija através de uma sonda uretral, queimaduras nos braços e na nuca.

— Esses incompetentes nunca vão aprender a usar tecnologia moderna, só sabem de chicotes e porretes — disse-me, como se desculpando, o delegado.

Interrompo A.B.: — Por que você está me contando tudo isso?

Ele esvazia a xícara de café: — Estou pouco me cagando se a polícia mata meia dúzia de comunistas! Eles não valem nada. Mas esse cara que morreu agora foi enforcado por engano! Eles queriam matar outro sujeito, o carcereiro trouxe o preso errado, encapuçado, outra gracinha que o delegado aprendeu no seu estágio... e foi para o garrote vil, você acredita, uma relíquia da Inquisição em São Paulo, ficaram todos apreciando a ereção final!

— Você resolveu se condoer? — ironizo — teve um ataque de decência!

Um policial vem chamá-lo.

— Sei lá — ele continua, enquanto o acompanho até o camburão —, minha filha descobriu minhas atividades, acho. Saiu de casa e foi morar com o namorado. Tudo bem, coisa de adolescente moderninha, pensei, com o tempo tudo se resolve, o cara é um bom sujeito. O delegado, num papo informal, me informou que ele, o namorado da minha filha, pertence a um grupo de ultra-esquerda. Se sua filha vive com um subversivo! Já estão de campana no tal grupo e sua prisão é uma questão de dias. Colabore, doutorzinho, suje também suas mãos, senão você vai assistir ao esquartejamento da sua querida filhinha e do namorado!

Quer saber?, eu apertei o garrote no pescoço daquele cara. Precisava mostrar serviço. Estou fodido.

A ambulância pára. Desce uma mulher, enrolada num cobertor.

As coisas são o que são, penso, por que essa lembrança, agora?

Antes que Chova

Estou na grande sala. Dirijo a cadeira, afastando-a da janela: o sol desapareceu, encoberto por uma nuvem negra. Forte vento arranca folhas das árvores e levanta pequenos detritos e pedaços de jornal. Colunas de pó, arma-se uma tempestade.

Nos tempos de antes eu andava, trabalhava... tudo acontecia.

Então, veio o nada.

De súbito, estou deitado ou sentado. Manipulado. Uma incrível dor de cabeça, as coisas e pessoas sumiram.

Aos poucos foram reaparecendo.

Agora tenho todo o tempo. Pensar, lembrar. Imaginar como poderia ter sido. As pessoas vêm e vão. Eu fico.

Fragmentos, coisas, lembranças vem aos pedaços. Chegam e se apossam de mim. Desconexas, uma sem nada a ver com a outra. Um pedaço da parede se junta à buzina de um carro, a um raio de sol, a uma presença, a televisão gritando...

Antes chegavam numa ordem, primeiro isso, depois aquilo.

As horas (dias?) passam, percebo o tempo fluir e com ele uma ordenação.

Minha cadela Amanda tornou-se uma presença fundamental. Foi o primeiro ente a desencadear lembranças coerentes. Trouxe enredos de volta, com começo, meio e fim. Que segurança! Ela passa correndo, eu a acompanho com os olhos, sua movimentação me reensinou a virar o pescoço. O médico se admirou. Quando a consciência voltou, a primeira sensação foi a da cadela me lambendo a mão.

Amanda entra na sala, tímida, arrastando a barriga contra o tapete. É filha de uma certa Bruxa.

Assisti ao nascimento da Amanda, mamãe Bruxa me lambia as mãos, eu ajudava a limpar e aquecer os filhotinhos tão indefesos e com as pálpebras coladas. Tinha uma ligação afetiva intensa com essa Bruxa, um amor desvairado. Eu a comprara há muito tempo como presente para minha filha. Corria para mim de manhã, me sujava com as patas cheias de terra, se mijava de emoção.

Grande amiga, ficou em minha companhia por toda a vida, mesmo quando mal andava de tão velha e reumática. Então virava-se para mim, movia o grosso pescoço com dificuldade, eu a acariciava, ela prendia minha mão entre as mandíbulas poderosas para que eu não me afastasse, boca seca, assustada, olhos negros e brilhantes. Teve um câncer de mama, com metástases incontroláveis. Arrastava-se para os cantos mais escuros da casa, como fazem os cães quando sabem que vão morrer.

Acho que nesses cantos ficam seus espíritos ancestrais: a Grande Cadela, o Grande Cão, os companheiros da Grande Viagem, habitantes de algum céu próximo a Vega, esperando, quem sabe até latindo numa freqüência inaudível para os ouvidos humanos, incapazes até de ouvir os próprios antepassados, mesmo quando vivos.

As sessões de ginástica. O professor me faz andar e andar, ninguém me perguntou se eu quero; uma vez por dia, depois três, todos os dias, querem me matar, não é possível! Flexões, extensões, ele me alonga, me comprime. "Melhor hoje", diz, sorrindo, "você vai ver só!" "Ver o quê, seu muar?", penso. A sessão termina, ele se vai, graças aos céus. Quem pensa que sou? Nijinskyi? Jesse Owens arrebentando os arianos em Berlim?

Dirijo a cadeira até a estante e contemplo a lombada de livros.

Ao cair da tarde, ouvirei a leitura de histórias, narrativas, memórias. É a hora mais rica do dia, a mais agradável: preciso me controlar, já interromperam tais sessões por julgarem que me excitavam em demasia.

Mas se é a única coisa que quero: excitar-me, acordar, emocionar-me, me ligar, sentir, rir, chorar! Por que não me excitar? Serei uma dracena, como essa que está no vaso? Terei de ser apenas regado e nutrido?

Acordo com o som de vozes. Visitas, as mesmas há muitos anos. Falamos pouquíssimo.

A sala se agita. São meus amigos.

A moça de serviço serve chá com salgadinhos. Bebo o chá com o auxílio de um canudo de plástico que ela segura, um dos amigos ri de mim, derramando sua xícara nas calças, encharcando-se todo.

Conversam.

As pessoas falam tudo na minha frente, sem qualquer pejo ou pudor. Como não falo, logo não escuto, não entendo, é dedutivo, indutivo, óbvio. Todos os dias ouço conversas de intimidades. Um casal de convidados namorou ao meu lado, no chão, numa festa, ela tinha uma bunda redonda, branca linda, visual de maciez. Antes de sair ainda disse: "Velho, se você soubesse!"

Meus amigos falam de mim, desavergonhadamente:

"Ele está ótimo. Que ganho de massa muscular."

"Bem, o lado direito tem *deficit*, mas dá para equilibrar. Um mínimo de compreensão..."

"Da parte dele? Você está louco, ele nunca entendeu o que se passava em volta!"

Quero estrangulá-los, mas o máximo que consigo é um sorriso assimétrico e envergonhado. Alguém puxa uma garrafinha de uísque do bolso e distribui uma rodada liberal.

"Saúde!", dizem. "À vida!", penso.

De longe, sinto a chegada de um velho e conhecido perfume e me vejo em meio a uma nuvem de lembranças: sapatos vermelhos encharcados numa noite tempestuosa no centro da cidade, na saída de um teatro. Revejo uma saia azul, uma blusa branca de seda, sinto um tato macio, luvas macias de couro, uma voz doce ao telefone, quantas recordações, momentos, aproximações, afastamentos.

Ela entra e nos encara com severidade.

Em seguida sorri, que sorriso lindo, e me beija. Um dos

amigos aplaude. Num esforço inaudito consigo mostrar a língua para ele, meio torta, saindo pelo lado esquerdo e ganho palmas e pedido de bis. Progresso.

"O que vamos ler hoje?", ela trauteia enquanto busca. Passeia em frente à estante, desliza os dedos pela lombada dos livros, é uma carícia íntima, sinto uma onda de calor no baixo ventre. Encontra o que quer, acomoda-se, põe pequenos óculos de leitura e começa:

... *Despertou-o a tristeza. Não a que havia sentido de manhã junto ao cadáver do amigo, e sim a névoa impenetrável que lhe saturava a alma após a sesta, e que ele interpretava como uma notificação divina de que estava vivendo suas últimas tardes. Até os cinqüenta anos não tinha tido consciência do tamanho, peso e estado das suas vísceras. Pouco a pouco, enquanto jazia com os olhos fechados depois da sesta diária, tinha começado a senti-las lá dentro, uma a uma, sentindo até a forma de seu coração insone, seu fígado misterioso, seu pâncreas hermético...* *

Ah, Gabriel, que bonito!

Navego por mares conhecidos, fluxos, sinto um aroma de laranjas... e estou de volta naquele pomar...

... minhas costas doem, é a trigésima árvore que planto, terei cítricas, às dúzias, para o resto da vida. Como estarão essas árvores, hoje? Alguém cuida delas? É preciso uma poda cuidadosa, examinar as folhas em busca de parasitas, aplicar defensivos em doses e momentos corretos. As frutas agradecem. Mexericas, limas, limas-da-pérsia, limões. Também ameixas e abacateiros.

---

* Gabriel Garcia Marques, *O Amor nos Tempos da Cólera*.

A metade direita do meu corpo treme: finas e delicadas contrações de feixes musculares. É possível? Simultaneamente surgem gostos impressos algum dia no meu córtex cerebral. Percebo sucos, batons róseos e vermelhos, claros, tênues, pesados, batons pudicos de adolescente e batons lascivos das putas de sábado à noite. Gosto de saliva. Línguas. Gostos em cima de gostos. Revejo Malu, Pierrete, como pode, uma viagem de lotação há trinta anos, de Ashkelon a Jerusalém, era fim de tarde, as paredes da Cidade Velha douradas pelo sol, os olhos ardiam de tanta luz, seus joelhos tremiam, ela imóvel, olhando para a frente, conversando com os vizinhos, gozando, como gozava, quase esmagou minha mão entre as fortes coxas, carro lotado, entrava um vento quente pela janela, falava-se hebraico, árabe, francês, ela gozava em trinta idiomas. Uma gaveta se abre em algum lugar e saem figurinhas que andam sobre a mesa. Passo jovem e apressado, estou no Bom Retiro, contemplo as roseiras do Jardim da Luz. Agora é o Jardim do Trianon, absolutamente bêbado, abraço a estátua de um bandeirante na entrada do jardim, tem um trabuco na mão e um olhar feroz, algum matador de índios, passa um casal e ouço: "Não acredito!" Cheiro de lavanda, alfazema, Mon Peché. Era esse o nome do perfume? Será que se senti-lo agora vou sentir o que sentia há meio século?

"Caralho, como estamos velhos!", exclama um dos amigos, "que merda!"

"Calma", ela sussurra, "assim não posso ler."

Ela continua:

... e tinha ido descobrindo que até as pessoas mais velhas eram mais moças do que ele, e que havia terminado por ser o único sobrevivente

dos legendários retratos de grupo da sua geração. Quando atentou para seus primeiros esquecimentos, apelou para um recurso que tinha ouvido de um de seus professores na Escola de Medicina: Quem não tem memória faz uma de papel. Mas foi uma ilusão efêmera...*

"Se você ler a lista telefônica, obterá o mesmo efeito", diz um dos amigos e ela o fulmina, muito zangada "Nunca mais repita isso!"

Conversam.

"Será que ele está preparado?"

"Bem, mais esforço do que o feito é impossível."

"Será depois de amanhã. Com autoridades, familiares, uma festança. Haverá prêmios!"

Durmo muito e acordo sendo massageado. Em seguida saímos de carro.

* * *

Esse local eu conheço! Joguei futebol aqui. Há séculos, fui campeão universitário. Lembro bem! Não se chama Pacaembu?

Estranho... Longas barras paralelas, lado a lado, como se fossem raias. Ocupam toda a extensão da quadra. Demarcadas, numeradas. Muita gente, ambulâncias, pessoas de branco.

Sou retirado da cadeira e um dos amigos explica:

"É uma corrida. É para ganhar, para sair dessa cadeira! Acabar com essa hemiplegia! Vamos mostrar quem somos!"

"Quem somos!", penso, "restos, farrapos, carne moída?"

Essa sensação no corpo! Coça todo o lado direito, pequenos choques, o que está acontecendo?!

---

* Gabriel Garcia Marques, *O Amor nos Tempos da Cólera*.

Uma corrida?

Para ganhar!

Ganhar o quê?

Uma medalha e depois voltar para a cadeira? Para a sala? Ser alimentado de colherinha, lavado, alguém vai recolher a merda, o mijo, me secar, passar talco senão apodreço... mas o que está acontecendo?

Mexo os dedos da mão direita. Extensão! Uma flexão, repito e repito os movimentos, flexiono os dedos do pé, o espanto é tanto, descem gotas salgadas pela minha cara, como se chamam mesmo? Saem dos olhos, dos dois olhos, alguém diz: "Pronto, começou a choradeira! Assim vai chegar por último, se chegar". Será que estou louco, hemiplégico e louco, sinto o braço direito, a perna, não acredito, eram coisas mortas, não é possível. Sou colocado na raia número quatro, na três está um jovem negro, coitado boca puxada, hemicorpo direito tão atrofiado, veste um agasalho velho e roto do coringão, é um homem forte e bonito, me encara. Uma menina o acompanha, magrinha e miúda, duas tranças presas com fitinhas vermelhas, segura sua mão com carinho, será sua filha, onde está o resto da família, tem amigos?

Ele responde com os olhos! Com a hemiface boa.

Com o gestual do olhar de um olho só, com a proxêmica da compreensão, a metalinguagem dos lesados que querem viver: "Ela e eu, só. Não tenho mais ninguém".

"Sim." Espanto, não pensei, eu disse SIM.

À minha direita, na raia cinco, um homenzarrão loiro, bem apessoado, um gigante, amigos e família de fino trato, exibidos, um desfile de roupas esportivas. "Aí, tio, acaba com todo mundo!" Ele não olha para os lados, para ninguém, eu não existo, meu amigo preto não existe, "Vai ser duro ganhar desse cara", penso.

Apoiamos mãos, cotovelos e braços nas barras, um juiz dá um sinal, a corrida começa, andar ceifante, o pé direito descreve um arco, é preciso esperar que o movimento se complete, que choque!, agora sim, posso dar um passo com o lado bom, apoiar as mãos, como dói, outra vez o lado ruim e assim vamos. As torcidas gritam, empolgadas, começo a me emocionar, que é isso?, o pé direito procura sozinho a dianteira, disparo na frente, ando sem qualquer apoio das mãos, os braços balançam sincronicamente com o andar, tropeço, caio de cara no chão, sinto o gosto adocicado do sangue, as regras impedem o socorro para acidentes banais durante a corrida, o tal tio e o jovem me ultrapassam, um de cada lado, disputam com fúria, atiram-se contra as barras, o clã loiro grita, torce, estimula, a menininha negra cobre o rosto, vira de costas, faz figa, eu me levanto, vejo um vulto conhecido, tão amado, tão meu, no fim da raia, estou sendo chamado, quero escutar, adivinho, imagino, lembro, e finalmente, escuto mesmo: "Venha, venha, venha para mim!!", sinto o corpo inteiro latejar, levanto os braços e disparo em direção à fita, que bom romper uma fita, ela grita, me abraça, seus olhos são duas torneiras, as lágrimas jorram, mas tanto, tanto, que eu digo: "Calma, querida", ela se assusta com minha voz, não a ouvia há tanto tempo, agora é um gêiser, incontida, sufocada, mal respira, o nariz corre, chora, me abraça, me esmaga, diz: "Não acredito, não acredito! Fala mais!"

Vamos ao pódio para a premiação. A família do tio discute

com os juízes, dizem que não sou mais doente, pode ser que comecei a corrida hemiplégico, mas no final não tinha mais qualquer deficiência, os juízes concordam, me desclassificam e me convidam para fazer a entrega dos troféus.

Entrego uma taça ao meu amigo negro. Primeiro lugar!

Ele torce a boca, o lado bom se contrai em bloco, ofega, se esforça, eu leio:

"Irmão! Que bom te ver em pé! Eu também chego lá!"

"Antes que você imagina, irmão!"

Sopra um forte vento nas ruas, nossos olhos se enchem de pó. Nuvens escuras se acumulam com rapidez. Folhas se desprendem das árvores. Voam páginas de jornal.

"Vamos", ela sussurra, "antes que chova."

Um Caso de Amor

Recebo a doutora Ariela. Ela faz uma pesquisa sobre as relações médico-doentes.

— Em que posso ajudar? — pergunto.

— Quero fazer uma entrevista. Estudar as mudanças que você percebeu na prática médica, desde que terminou seu curso. São mais de trinta anos. Como a nova tecnologia afetou a prática diária e seu modo de pensar. As lembranças de como você atuava.

E mais: quero conversar com algum doente seu, tratado há pelo menos vinte anos. Será um estudo de como os doentes, na óptica de hoje, vêem a atuação dos médicos, ou a lembrança, o que ficou da sua relação de décadas atrás. Especificamente, que imagem esse doente guardou da sua atuação, depois de tanto tempo.

— Você quer um estudo das memórias, do imaginário. Da

minha lembrança das lembranças dos pacientes, de como elaboramos as coisas.

— Isso mesmo — responde a jovem pesquisadora.

Estou sem tempo e sugiro que ela entreviste, inicialmente, um doente de uma lista que preparo. Ela concorda.

Após um mês, a doutora volta:

— Que mulher interessante! Você a tratou há vinte e nove anos. Ela guardou uma imagem muito forte, uma politraumatizada. Fala de si mesma, naquele período, como um bloco de dor. Lembra dela, a senhora Malu?

Como não lembrar! Como dissociar as lembranças técnicas das emoções?

(Eu era um recém-formado. Um plantão turbulento. Malu descia de um bonde e foi apanhada por um carro. Não era ainda Malu. Era uma coisa atirada sobre uma maca, num corredor. Um lençol a cobria. Um pronto-socorro. Exames, perguntas, raios X. Múltiplas fraturas, comoção cerebral, pneumotórax bilateral, choque traumático. Massa sem nome.

"Que sorte", um colega comentou, "está inconsciente". E ela foi tratada. Discutida. Drenada, alimentada, sondada.

Um período vazio de lembranças particulares, mal recordo, eram tantos os doentes.

Após umas duas semanas começa a falar, contatar. Pergunta por coisas que aconteceram enquanto esteve desacordada.

Dirigia-se a um concerto quando se acidentou. Não lembrava de mais nada. E brincava: "O rapaz deve estar me esperando até agora!"

Dedicação total quinze dias a fio, eu estava lotado no andar onde ela ficava. Curativos, limpeza, instalação dos fluidos e sondas. Reuniões com os cirurgiões, escolha dos antibióticos.

A família. A entrega. A confiança. As dúvidas. "O senhor não se aborrece se chamarmos o doutor Aurélio para uma opinião?"

Não me dava conta, então, de que lidava com pessoas. Lidava com doenças. Ia vê-la várias vezes por dia e foi emocionante assistir à lenta recuperação.

Malu tem alta num dia de sol. Fui fazer uma visita médica e a encontro no terraço do quarto. Feliz. "Quero me bronzear! Quero respirar sem dor! Correr!"

Deu-me um abraço e um beijo. Percebi que esperava algo de mim... Fui chamado naquele instante para atender a outro doente e saí, mal me despedindo.

Voltei à tarde ao seu quarto e ela já havia partido.

Saudades? Senti alguma coisa a mais. Desconforto. Uma ausência.

Revi-a em algumas consultas de ambulatório, sempre com a sensação de que faltava dizer ou ouvir algo. Nunca atinei o que fosse. Vinha sempre acompanhada por seus pais, preocupadíssimos, e era difícil conversar qualquer coisa que não fosse sobre seu estado.)

— Está me ouvindo, doutor?

— Claro, estava divagando. Acho brechas incríveis nas minhas lembranças. Na verdade, nunca mais elaborei nada a respeito dessa moça. Ela continua bonita?

— Lindíssima. Lembra tão bem do senhor, com tanto carinho. Emocionou-me. De que maneira, dentro da sua especialidade, o senhor trataria essa senhora Malu, hoje?

(Fazem vinte e nove anos. Claro que sei o que ela esperava de mim. No terceiro ou quarto dia de sua internação, quando ensaiava uma volta à consciência, nos momentos nascentes de lucidez, ela me apertava as mãos e não deixava que eu as retirasse. Tinha a pele seca e quente. Prendia, apenas. Delicada. Nenhuma força. Mas com firmeza. Com doçura.

Era uma carícia. Elaborada. Sabia muito bem o que estava fazendo. Eu deixava minhas mãos nas suas. Estranho quadro, moça saindo de um coma, jovem residente de clínica sentado e inquieto. Não sabia que atitude tomar.

... é em você que confio. Fique perto. Preciso da tua presença. Só da presença. Fale, fale muito, não pare, conte-me histórias. Qualquer coisa. Mas você não fala! Então eu pergunto. O que você fez hoje? E ontem? Atendeu muitos doentes? O que fará amanhã? Tem namorada? Você é bonito? Eu sou bonita? E ela? Você gosta dela? Ela gosta de você? Estou muito amassada? Vou ficar bonita? Quero ouvir. Diga que vou ficar boa, que vou andar. Que vou ao concerto... você virá comigo, vou te ensinar como se escuta música, como se sente música, vou me encostar em você, você vai adorar, fale, a cabeça dói, dói para respirar, dói tudo, vai passar?

Demorava-me. Falava com Malu, baixinho, no seu ouvido, também estava ferido, um hematoma, tinha vergonha daquela encenação, a mãe me olhava com respeito, queria que a filha ficasse boa, andasse, comesse, namorasse. Tão bonita. Conversava com seus pais. Malu sempre deitada, por vezes sorria, chorava, sonhava.

Visitas do neurologista. Do ortopedista. "Recuperação rápida. Terá períodos de incoordenação mental. Angústia ou depressão. Agitação."

... a tua voz me traz para a vida. Estou empastada, você fala e o quarto fica vivo... estou viva. Num momento, comecei a perceber as coisas em volta, longe, muito longe. Não sei onde estava, como estava. Não sabia se queria ou se podia voltar. A cabeça doía. O peito doía. Irreal, sabia e não sabia onde nem como... vozes... minha mãe, meu pai, alguma enfermeira, a tua, só soube depois... escutava você sempre, a memória ia, voltava, você falava comigo, com calma, com dureza, um dia começou a dar ordens, abra a mão esquerda, agora a direita, levante a perna direita, abra os olhos, que raiva senti, que ódio. Uma vez você segurava minha mão e explicava para meus pais como meu estado era grave, mas como tudo parecia caminhar bem. Apeguei-me ao discurso. Entre um despertar e um ir, ouvia sem parar. Ressoava quando adormecia. Era o que me trazia de volta, queria e queria ouvir a tua voz, depois queria ouvir você.)

— Doutora Ariela, do ponto de vista diagnóstico as coisas melhoraram de uma maneira inacreditável. Uma tomografia computadorizada diria em minutos se Malu tinha ou não um hematoma cerebral, uma ruptura de víscera. Há trinta anos ela foi observada hora a hora, puncionada, sofreu uma arteriografia. Não foi inadequadamente tratada por isso! Mas foi muito trabalhoso e sofrido. Claro que as técnicas melhoraram, e como, mas essa medicina só mecânica, só técnica me assusta um pouco.

(... quero escutar você falar o resto da vida. Sinal de que voltei, de que estou viva, é verdade. É música. Acordo angustiada, um pesadelo aparece e a lembrança de você falando me tranquiliza e me traz de novo à realidade. Nem sei se é você agora ou a lembrança de você há alguns dias. Foram dias?)

— Pois é, doutora, as coisas mudaram. Num certo sentido, melhoraram. Algumas vezes pioraram. Essa famosa relação humana quase desapareceu. Não tenho ainda uma idéia formada se isso é tão mal assim para o doente. Hoje eles chegam esperando um milagre, não do médico, mas de alguma máquina. E perguntam se essa é "a máquina mais moderna". Às vezes, sinto-me um digitador, um fotógrafo lambe-lambe do Jardim da Luz. Por outro lado muita coisa se tornou absolutamente objetiva, direta, obrigando ao desenvolvimento de soluções.

(Em algum momento comecei a me afastar de Malu. Medo de um envolvimento com alguém tão dependente? Um inesperado que não soube entender? Interesses diferentes? A verdade é que não me lembro com exatidão. No ensolarado dia da sua alta, ela me diz:

— Quero te ver todos os dias! Quero te segurar, te ouvir. Quero falar.

Fazia mais visitas ao quarto que o habitual. Encantava-me sua família. O conjunto. Pai, mãe, irmãos, tios. Uma relação tão amorosa!

Que eu não tinha. Mas estava estudando para um exame seletivo para uma bolsa no exterior e minhas preocupações eram outras. Quando viajei, a imagem de Malu me acompanhou por vários meses e finalmente entrou para as lembranças.)

— O que queria um doente há trinta anos? O que ele quer agora? Alguma coisa mudou?

— Não mudou nada. Ele quer ficar bom! Quer ficar sem dor! Curar-se! Com o mínimo de perdas. Por vezes apenas falar. Entabular alguma relação. As pessoas podem ser tão sós! Doutora, você não tem idéia do número de pessoas que querem apenas falar. Ouvir algum argumento. Discutir o seu estado. Ou qualquer outra coisa. Solteiros, casados. São sós, absolutamente sós. Por vezes tenho a sensação de que as gentes doentes e não doentes não falam com os seus. Apenas convivem. Uma coisa inercial.

Trabalham, compram, gastam, comem. Consomem. Cobiçam. Ganham, perdem. Sentam juntos na hora do jantar, assistem televisão, saem, voltam, as palavras voam e se perdem, uma algaravia. Ruídos. Sons sem significado. Uma Torre de Babel. Emitem alguma coisa. Nenhuma mensagem. Ninguém pode compreender nada. Há o que compreender, finalmente?

Por outro lado um médico foge do envolvimento além de um certo nível! Atendem-se as pessoas nos seus momentos de fragilidade. Pagam para serem consoladas ou atendidas. E são momentos, com certeza, passageiros.

(Estou mentindo, penso, foi medo, puro medo. Sem compromissos, sempre sem compromissos. Imaturo. Era uma mulher boa, bonita. Culta. Nenhuma chance, nem para mim, nem para ela. Fugia? Medo de me dar? Um plantão, uma trepada, um lanche, até logo, você foi ótima, até um dia, quem sabe, era só o que eu sabia fazer.)

— É complicado por vezes, separar as coisas — continuo. — o que é pessoal. O que é profissional. Com Malu, eu separei, acho que sem danos para nenhum de nós. Algum ressentimento, talvez algumas dores e depois o esquecimento.

— Não foi essa minha impressão — diz a doutora Ariela —, as marcas são indeléveis. Se o senhor soubesse as memórias que ela guardou! Fiquei muito impressionada. Estou tentando perceber o que ela via!

Ela me entrega um longo questionário e eu o preencho. Todas possibilidades foram previstas. Basta pôr marquinhas. Ou escolher entre um sim e um não.

Tomamos o último café. A doutora me informa que as coisas, quando forem publicadas, serão anônimas. Tabelas, gráficos, algum relato mais interessante ou literário, para tornar o trabalho de leitura agradável. Acompanho-a até seu carro.

Não há mais bondes em São Paulo.

Garrafada, Praça da Sé

Nunca havia visto fila tão longa e desordenada. Fria manhã, chovera forte de madrugada, pisávamos em poças d'água enlameada. O consultório era uma enorme tenda de circo, armada em meio a um terreno baldio.

Dizia-se que ele tinha visão de raios X, que podia ver através de tudo, dentro da gente, as mulheres perguntavam se ele via logo abaixo da roupa. Quero me tratar, mas não quero que ele me veja pelada, dizia uma velha, desencadeando o riso. Quem quer ver esses gambitos?, exclamou um jovem, ao que ela respondeu: tá na cara que você nem tem o que esconder, seu babaca mal-educado!

Era a fila da esperança. Do medo. Passou um jovem, carregado, de maca, muito magro e todos abriram passagem. Coitado, tão moço, será que vai ficar bom?

Pipoqueiros, vendedores de cachorro-quente e de garapa

apregoavam suas mercadorias. Alugavam-se cadeiras e travesseiros. Numa banca de ervas e chás caseiros, o dono também vendia calcinhas de pele de porco caipira, afirmando que impediam a passagem das irradiações. Não deixe ninguém ver suas partes, dona, também protege contra AIDS galopante, menopausa e escorrimento!

Os que saíam eram interpelados, todos queriam saber como era a consulta. É no claro?, lógico, acha que eu ia ficar no escuro com um homem que não conheço?, ele faz perguntas ou só olha?, em mim, só olhou, começou a falar, me deu a receita, já melhorei antes de tomar qualquer coisa. Ele me olhou de um jeito! Só de olhar falou tudo. É um santo!

A fila progredia devagar. Alguns desistiam, mas, antes, vendiam seu lugar para os que estavam atrás. Era também um negócio, guardar o lugar na fila.

Não cheguei a conhecê-lo. Um escritor-camelô que vendia e narrava a história em um livrinho de cordel, afirmava que seus poderes paranormais provinham da encarnação de um médico alemão, que atuara na Primeira Grande Guerra, o célebre doutor Hans. Esse doutor fora atingido por um fragmento de *schrapnel* na cabeça, quando lutava na frente belga. Ficou três anos em estado de coma e, quando despertou, foi a um santuário, agradecer sua cura. Lá percebeu que via a intimidade do corpo dos doentes e que podia curá-los com medicamentos naturais, ervas, coisas assim. Rejeitado pela mulher, que afirmava que ele não passava de um maluco místico, partiu para a África, onde ficou até morrer, tratando dos leprosos. Um santo, compre o livro, leve mais dois para os amigos!

Eram duas horas da tarde, um auxiliar de túnica branca subiu num latão e anunciou que as consultas estavam suspensas, que os interessados voltassem amanhã: o curador está cansado, disse que hoje não dá mais. Estou aqui desde ontem, gritou uma mulher, desrespeito! Um cego chora, não vou ver nunca! Mãe, e eu?, não agüento mais essa dor!, calma, filha, outro dia a gente volta. Desgraçado, o que você pensa que eu sou?, perdi meu dia de trabalho para me consultar!

Alguém atirou uma pedra no auxiliar, um bloco de merda de cachorro estourou em sua cabeça, mais pedras, pedaços de pau, garrafas, restos de caixotes. Ele fugiu, ensangüentado, vai pedir para teu patrão te tratar, seu filho de puta!, alguém gritou.

Um clamor se elevou e a massa invadiu a tenda. Trepei num poste, para não ser pisoteado. Ninguém rasga, gritou um gozador, deixa um pedaço para mim!

Não sobrou nada. Nada. Os jornais noticiaram que o curandeiro-milagroso foi reduzido a pó de osso, pois a carne e outras partes foram comidas. Quem comer, se cura! Deixa um teco para mim! Me dá um pedaço do estômago, sofro de úlcera! Pega, filha, é do braço, engole depressa, tua dor vai sumir!

Sua face ficou impressa num retalho da lona e estava sendo venerada pelos membros de uma ordem secreta, que se reuniam às sextas-feiras, num tradicional cemitério de São Paulo.

O doutor Hans aparece, quando adequadamente invocado. Fala português com forte sotaque da Bavária. Está morando no topo de um monte que se ergue junto às nascentes do rio Amazonas. Transmutou-se em árvore, uma gigantesca macieira. Suas folhas maceradas, colhidas na época das chuvas, são transformadas em garrafada e vendidas na Praça de Sé, por um ambulante, que afirma ser o revendedor exclusivo. Operam milagres. Já se anuncia a cura do câncer, o fim da gonorréia, enfisema e apendicite. Cura até drogado, faz viado virar macho e macho virar donzela!

Cuidado com as falsificações, tem gente, por aí, empulhando os incautos, com uma mistura de cerveja choca e penicilina vencida, compre de mim e ganhe de brinde a história desse homem santo. Leva uma, aqui, freguesa, é do homem que virou planta!

Primeira Lei

A Primeira Lei de Newton é um modelo de simplicidade e clareza. A complexidade dos movimentos dos corpos celestes é equacionada em uma frase direta e linear. Nenhuma preocupação quanto ao porquê. Apenas quanto ao como. As ciências biológicas não têm lei equivalente, valendo-se, na maioria das vezes, de aproximações. Ou de desejos.

...não entendo, mas não me preocupo, é comprido, róseo, claro ou escuro, luminoso, escuro luminoso, tubos vermelhos, vivos, pulsáteis, ondas ritmadas de abertura e fechamento, umidade, que umidade!, calor, muito calor...
 "A matéria..."
 ...há uma saída! Morna e acolhedora, mistura do antes e do depois, é o agora e, de repente, um universo seco, iluminado, claro, tem cheiros, ruídos, vozes diferentes, o ar se movimenta, é isso o ar?, bate e seca e machuca minha externidade,

antes uma parada num canal longo, percebo mais presenças, coisas embutidas no fundo de mim, de quem são?, saberei um dia?, estou preso, estou solto, caminho, giro, sou propelido, espremido, moído, ouço gemidos de dor, de gozo, de alívio, de ódio, mas sou expulso, quero ficar, quero ir?, é muito forte, tenho de ir, agora um urro, meus ouvidos doem, desespero, ela ofega, sua...

"...atrai a matéria..."

... e se acalma, momento programado, sei, está em cada célula, dentro dos núcleos, vou conviver para sempre com esses gemidos e com essa calma. Serão minha companhia, dia a dia e sempre. Meu alimento. Deslizo sobre pêlos macios, descanso sobre seu ventre, minha cabeça no seu peito, ouço as batidas, de longe, através de uma parede, sinto um corpo irmãomãeamante, integro-me no ritmo dela, será meu para sempre, será sincrônico com o meu mesmo quando eu for antagônico, é um momento, uma dor e um amor tão intensos agora, que vão me sustentar para sempre e sempre serão buscados, junto desses pêlos, desse ventre, nas mamas. Sinto que será uma procura. Assim foi arquitetado. Para isso sou. Serei. Estafa, agora ela dorme, eu também. Sonho com um princípio, há um princípio?...

"...na razão direta das massas..."

...era uma ampla cavidade. Virtual. Achatada por mil superfícies móveis e contráteis. De repente, franjas e um tubo entortilhado, fundimo-nos e começamos a descer, migrar, transmutar, diferenciar, crescer, ancoramo-nos em outra superfície, vermelha, paredes grossas, fortes. Somos milhares, milhões, bilhões, um só, tenho partes diversas, agora, um tubo pulsátil, coração, nado em meio a um líquido doce e morno, eu o bebo, ele me encharca a pele, deixa manchas brancas, gorduroso. Pulsações! Pulsações por todos os lados e dentro de mim. Um ritmo. Bate, bate, vai bater enquanto eu viver, enquanto ela viver, não quero que pare. Nunca. Quando parar acabou. Não serei. Fui. Era. Uma massa cinzenta me nutre. Pelo ventre. Pulsa, leva, traz. Membranas translúcidas, com milhares de vasos. Sinto o corpo dela, que também é o meu, é meu. Se está-estou feliz. Preocupada ou temerosa. Com raiva. Um pedaço veio dela, estou nela, sou dela, ela é minha, mas é só isso? Sinto que uma parte não está compreendida, de onde veio? Chupo os dedos da mão, dos pés, entram e saem sem parar, minha boca não pára, que parte é essa, haverá mais alguém, é possível? Houve uma fusão há pouco tempo, somação, um resultado, uma mistura, uma parte estava lá dentro, a outra também, mas havia um fino túnel, eu o vi por fora...

"...e na razão inversa..."

...algumas coisas já não são tão claras, esqueci, não me lembro, haverá mistérios, fusões sim, não importa, importa ser, serei, quero ver outras e outros serem, estarem como eu, buscando. Calmamente. De repente as contrações e a lenta expulsão, quase sem aviso, a água diminuindo a cada instante, para onde vai?, sons vindos de longe, distorcidos e reverberando pelas paredes rugosas, ordens, meu corpo irmãomãeamante assustado, tenso, esforçando-se para ter algum controle, impor alguma ordem impossível nessa hora, o útero era um moinho, uma prensa, arrastava tudo, gritos, oxigênio chegando, o sangue correndo, luzes e mais gritos, para onde vou, não sei mais nada...

"...do quadrado das distâncias."

...claro que sei. Respiro e o ar queima meus pulmões, um fogo, sacudo os membros, sugo qualquer coisa posta na minha boca, um bico, um seio, é quente, colostro, leite, suor, mãos afagam minhas costas, será assim para sempre, que calor nessa pele molhada e cansada, ondas de amor que vêm pelo tato, alguém me levanta, me embrulha, sinto-me contido, preso, choro, quero voltar para ela, me colar na pele dela, me fundir, só com ela, sempre com ela, sentir o que vem dela. Mergulhar dentro dela, voltar.

A criadora! Ventre abaulado, convexo, enorme perto de mim. Sou ela, mas tão pequeno. Os pêlos macios. Os seios, leite, prazer, vida. Vida. As mãos nas minhas costas. Afagando sempre, nutre, excita, aquece, molha. As epidermes em contato eterno, umidade, tudo programado, um afastamento breve, a volta, quero o corpo irmãomãeamante, a essência, a alma, quero tudo. Voltar sempre. Banho, água, mexe em todo meu eu, pele, pescoço, genitais, saliências, dobras, buracos, coxas. Por vezes ri, eu também. Só, muito só, difícil sem ela, vontade de chorar, choro. Como era antes? Mal me lembro, era quente, encharcado, escuro luminoso, eu e ela, vozes de muito longe, um túnel... e alguma coisa que veio de fora, de quem, como?...

Depoimentos

Enfermeiro Z.: "Cheguei ao plantão às sete horas da manhã, percebi uma tremenda confusão. Fui comunicado de que havia um recém-nascido morto, já estava na sala de velório, que providenciasse mais algumas cadeiras com as moças da limpeza, os familiares não tinham onde sentar, o ambiente estava tenso. A mãe não se encontrava mais no hospital, solicitara alta, pois precisava preparar o café da manhã da família. Assim me comunicou a parteira D., que deu a alta. Assumi meu trabalho normal".

Porteiro P.: "Não sei de nada, juro. A dona chegou num carro, desceu gemendo e foi direto para a maternidade. Depois ouvi dizer que o neném morreu. Não sei de mais nada, nunca saio da portaria".

Parteira D.: "Trabalho aqui há dez anos e gozo da confiança dos médicos. Quando não havia especialistas de plantão, eu fazia todos os partos e acho que sempre me saí muito bem. Fiz os partos de metade dessa cidade, no tempo em que nem existia hospital. Tem médico aqui que só atrapalha! A parturiente chegou, contrações freqüentes, levei-a para a sala de partos e, em meia hora, a neném nasceu. Condições ótimas, rosada, Apgar máximo. Claro, sempre se auxilia, foi feita compressão na barriga da paciente, nos momentos de contração. Como? Não, não sem exageros. O pediatra recolheu o recém-nascido e percebi que a paciente apresentava sangramento excessivo, após a retirada da placenta, é, foi um pouco difícil, mas eu sempre dou umas puxadinhas e ela acaba saindo. Como o senhor se atreve a perguntar isso? Trabalho aqui há dez anos, entendo mais de parto que esses menininhos! Ruptura do fígado? No neném? Só pode ser mentira! Isso é armação! Dei a alta, sim, essa coitada precisava ir para casa, vocês são de fora, não entendem nada do que acontece aqui. Estava um pouquinho anêmica, mas todas as mulheres daqui têm anemia. Acho que até eu!"

Doutor E.: "Sim, era meu plantão, tive um problema sério naquela noite e precisei sair do hospital, minha mulher estava passando mau, me chamou pelo telefone, saí correndo, quase bati meu carro, estava nervoso, ela sofre dos nervos, os meninos estavam assustados, dei um sedativo para ela e carreguei as crianças pra a casa da mãe dela, a avó não estava, levei todo mundo para um sítio aqui perto, quis voltar para o hospital, o carro não pegava, achei que era a bateria, fui atrás de um mecânico, não, nunca abandonei um plantão, só quando acontecia uma coisa assim, uma emergência, foi azar, acho que a criança iria morrer de qualquer jeito, nunca ouvi falar em ruptura do fígado, a parteira tem toda confiança, não é que eu deixe tudo nas mãos dela, é que tive de sair, minha mulher é muito nervosa, sabe, tive um pressentimento, isso mesmo, foi um pressentimento, agora começo a pensar que esse anjinho morreu no lugar da minha mulher, coitada, é tão fraca. Trabalho aqui há dez anos, sou desta cidade, as coisas são difíceis, esse povo só destrói, fica esperando acontecer alguma coisa para cair de pau em cima da gente. Queria solicitar um adiamento de meu depoimento, não estou me sentindo bem, minha pressão sobe quando fico nervoso".

Doutor J., Diretor: "Cheguei ao hospital por volta das cinco horas da manhã, para resolver um problema técnico do pronto-socorro, algum aparelho quebrado, coisa rotineira. Soube que um parto estava acontecendo e que o obstetra de plantão não estava presente. Que havia saído às três horas da manhã, sem comunicar para onde iria. Não tive dúvidas, telefonei para sua casa, a esposa atendeu e disse que ele estava de plantão, no hospital... desculpei-me, não, não se preocupe, minha senhora, não é nada não, boa noite e saí em sua busca. Eu me reservo o direito de não relatar como soube de seu paradeiro. Estava, e lá o encontrei, num sítio, a uns dez quilômetros da cidade. Não, não sei e não vem ao caso se estava sozinho ou não! Levei-o para o hospital, ele balbuciava coisas, fui para a casa da parturiente, ela havia solicitado alta, outra viagem de dez quilômetros, encontrei-a em péssimo estado geral, pálida, muito anêmica, febril, certamente com infecção séria. Providenciei uma ambulância e mandei-a de volta para o hospital, solicitei a presença de um clínico e do transfusionista, graças a eles, ela se recuperou. Sem dúvida, teríamos duas mortes e não uma!

A autópsia foi feita, pois o marido se dirigiu ao fórum para certificar o óbito, e um advogado, um jovenzinho que fica por lá de plantão, sim, na porta, aguardando e farejando possíveis clientes, disse ao pai que sentia ter acontecido erro médico, negligência, besteira, mutreta, coisa mal feita, vão ter de pagar uma indenização, a gente racha, que exigisse a autópsia, quem esses médicos pensam que somos? Então o corpo foi removido, a pedido do pai para outro necrotério, demorou três dias para que a necrópsia fosse feita, o advogado havia solicitado um patologista de fora, o corpo entrou em putrefação e fedia, a geladeira não funcionava, nessas alturas, eu nada mais tinha a ver com o que ocorria. Soube, depois, que só foi possível, tais as condições do corpo, um exame parcial, que, sem qualquer dúvida, constatou ruptura do fígado. Linear, no lobo direito, os detalhes estão no laudo. É evidente que o caso extrapolou os limites de uma investigação interna".

"Que merda!", exclama o delegado. "Porque não deixaram a mulher morrer em casa, quem ia se importar? Esse falatório, agora! Esse doutor J. é um bosta, não sabe como são as coisas aqui, está fazendo que eu me meta com os burguesinhos do pedaço, nunca dá certo, depois todo mundo vai se virar contra mim. Policial corrupto, aquela coisa. Como?, manda ligar depois, porra, quem quer saber o que roubaram! Sem vítima?, então não enche meu saco, diz aí que vamos apurar. Arrebentaram o fígado!, como é que pode, pior que nós, nem sabem disfarçar. Esse doutor E. é um viadinho drogado, todo mundo sabe que queria ser anestesista só para ficar no cheirinho do éter o dia todo. Foi ser obstetra porque podia apreender com as parteiras, nenhum médico queria ver ele por perto. Faz comércio de *crack*, todo mundo sabe, depois sai por aí botando a maior banca, carrão importado e tal. Porque esse diretor não contou que achou o cara com o macho dele, lá no sítio? Avacalhava com tudo de uma vez. Ficou com pruridos? Essa parteira diz que fez nascer metade da cidade, esqueceu de falar que tirou mais de vinte metades, direto da barriga dessas bestalhonas. Vagabunda! Vou acabar depressa com essa palhaçada de inquérito. No final vou sumir com tudo, nem que tenha de botar fogo no arquivo. Chega. Se ainda fosse um crime! Depoimentos! Para quê?"

Narciso

Narciso ouvia, atento.

Após diálogos exaustivos, regressão a vidas passadas, sono induzido, análise em câmaras antigravitacionais, até uma ressonância eletromagnética do superego, seu analista concluiu que ele se apaixonou por ele mesmo no momento em que nasceu.

"Alguns vêem a própria mãe no instante em que nascem e vão desfilar vida afora a clássica seqüência edipiana, pois a primeira imagem é apaixonante por sua própria natureza. Todo o resto é repetição.

"Outros, é o seu caso, contemplam a si mesmos, refletidos no líquido amniótico! O acaso foi o responsável. A primeira imagem que você contemplou foi a de você mesmo."

Narciso estava cansado de se amar. Era exaustivo ser agente e objeto simultaneamente. Sequer podia alegar desinteresse.

Precisava estar disponível todo o tempo. Afinal, ele se procurava. Quando se encontrava, queria algo mais, como querem todos os amantes, e chegou um momento de frustração: não sabia se poderia dar mais do que se dava, nem pedir ainda mais do que já havia recebido! De si mesmo!

Como alegar que a culpa era do outro, se o outro era ele?

Tentou relações, até amores amorosos e odioso-pejorativos com outros seres, mas decepcionou-se. Ninguém, nenhum pretenso objeto amado podia ser comparado a ele mesmo. Quem era mais belo? Mais amoroso? Mais amante?

Quando via sua imagem no espelho ou refletida na água, percebia que só poderia se amar.

Procurou a doutora Afrodite. Tenho a solução ideal, ela disse, desde que você só pode amar a si mesmo e desde que o que vem de fora é incompleto e sem sentido, faremos um clone. Um símbolo sólido. Outro corpo! Idêntico ao seu. Com a mesma amorosidade, síncrono nos desejos, habilidades e defeitos. Jamais cansativo, a menos que um dia você se canse de si mesmo! Ainda assim, contemplando-se de fora!, quem sabe?

Ele agradeceu e foi meditar. Decisão séria. Além do preço ser muito elevado, ele deveria ser responsável por todos os atos do novo ser. A cópia biológica levava dois meses para nascer e mais sete para atingir a idade do organismo original, submetida que era a processos de aceleração metabólica.

Narciso passeia junto a um lago. Seus pensamentos voam. Como seria contemplar em outro o próprio envelhecimento, desde que esse outro é ele? Como ter certeza de que o novo ente o amaria como ele mesmo se amava? Amaria o outro ente?

Auto-homo, Narciso se habituara a satisfazer-se em si, só conhecia os prazeres e desprazeres que ele próprio se provocava. Auto. No sexo a que pertencia. Homo. As mulheres eram habitantes de outro planeta, entidades com tentáculos cortantes e veneno nas unhas! Uma vez sentiu-se atraído por uma ovelha, mas o episódio foi de curta duração e concluiu que queria apenas sentir a maciez da pelagem do animal.

Decidiu-se e encomendou o clone. Seria obtido a partir de replicação de células do seu umbigo.

Após dois meses, nasceu o neo-ser, registrado como Apolo. Em sete meses cresceu e era idêntico a Narciso.

O primeiro encontro deu-se às portas do Amorosum, o mais belo jardim da cidade.

Como você é belo!, exclamou Narciso.

Sim, disse Apolo, você é belo.

Você é eu, continuou Narciso.

Sim, você sou eu, respondeu Apolo.

Quero ficar esta noite com você, convidou Narciso, sim, respondeu Apolo, quero ficar com você esta noite. Eu te amo, sim eu te amo. Sinto sede, sinto sede. Venha. Venha.

Narciso voltou à doutora Afrodite. Só ouço ecos, queixou-se, as coisas saem de mim, batem e voltam, mas são uma sombra do que emiti. Em duas noites, apenas, desgastei-me mais que toda minha vida! Começo a sentir que ele sou eu! Tudo foi um grande erro! Como posso ser o pai e a mãe de um ser e, ao mesmo tempo, seu amante? Queria o outro, mas contemplei e tive a mim mesmo. Outra vez. Sua voz vinha de mim e as respostas eram conhecidas. Mesmo as perguntas!

Ela suspirou. Sabia desse risco, pensei poder evitá-lo com

modificações sutis, na fase de aceleração metabólica. Não há solução, o clone é inútil. Já aconteceu antes, tentamos até uma cirurgia que transformou o então queixoso num ser hermafrodita, sem qualquer resultado.

Narciso partiu, desolado. Não se contemplava há muito tempo. Andou por uma longa estrada, nem sabia para onde se dirigia. Passou pela beira de um lago e, sedento, abaixou-se, as mãos em concha, para colher o líquido. Contemplou seu reflexo e re-apaixonou-se por ele mesmo: É você-eu que eu-você, amo! Chega de buscas inúteis!

Entrou numa loja e comprou todos os espelhos do estoque.

Apolo, desde então, vaga sem qualquer rumo. Não procura um destino, nada elabora. Ecoa o que lhe dizem. Não tem a menor idéia de sua origem.

Não contemplou a mãe, nem o ser que o originou, como primeira imagem. Nem mesmo o líquido amniótico.

Na verdade, sente uma inusitada atração por frascos de plástico e provetas.

Auto da Fé em São Paulo

A avenida principal está recoberta por excrementos pastosos e fétidos. Os passantes a atravessam com dificuldade, escorregam, uma senhora cai, esmerdeia-se da cabeça aos pés, os gaiatos bebedores de cerveja do bar da esquina morrem de rir.

Os carros de boi, deve haver mais de mil, estão na praça, dispostos em vários semicírculos, em volta de um enorme palco. Enfeitados com bandeirolas, penachos e pinturas; animais e condutores, cobertos por longos ponchos, capas e mantas com inscrições alusivas. As ruas em volta estão ocupadas por barracas de churrasco, doces, cachaça, artigos eletrônicos contrabandeados, coloridas roupas peruanas e bolivianas. A multidão caminha de um lado para o outro. Um alto-falante anuncia as personalidades presentes.

Os sinos repicam. Um vaqueiro faz uma reverência, encaminha-se na direção do palanque e entrega a santa peça ao padre. É uma vértebra esbranquiçada e com as superfícies desgastadas. Ele a recebe, levanta-a acima da cabeça, a multidão aclama. Espocam fogos de artifício, uma vaca se assusta, dispara, derrapa e pisa a barriga do condutor, que é transportado ao pronto-socorro. Todos querem contemplar a vértebra de perto, tocá-la se possível, empurram-se, caem uns sobre os outros. Uma criança berra, queimou-se numa churrasqueira, o pai lhe dá meia dúzia de porradas na cabeça, a criança grita mais. Um sujeito, de quatro, indiferente à bagunça em sua volta, procura a dentadura perdida: batêro na minha boca, a mimosa sumiu! Feridos são carregados para os cantos. Atenção às palavras de sua senhoria, ouve-se. O padre se adianta.

— Irmãos de fé!

A praça estremece sob os aplausos.

— Que é isso? —, perguntei ao guia.

— Uma antiga tradição do bairro — respondeu —, uma vez por ano parte uma vaquejada, vão buscar a vértebra a cem quilômetros daqui, logo depois de Guarulhos, numa fazenda. Os fiéis afirmam que pertenceu a um santo homem, um eremita que vivia numa antiga senzala. Foi encontrada, há trinta anos, por uma criança, que indicou o local exato onde estava enterrada, logo depois de uma crise convulsiva. É trazida para a cidade, fica alguns dias em veneração e depois é devolvida ao local de origem. Os fiéis afirmam que sua presença é milagrosa, cura doenças, fecha feridas. Um médico local atestou a cura total de vários casos de câncer avançado.

— Oremos, pois ele morreu por nós.

Ouço um murmúrio, milhares de vozes rezam o texto que é projetado num telão.

— Mais uma vez, irmãos!

O murmúrio se transforma num brado — Ele morreu por nós. — As luzes se apagam, fogos coloridos explodem nos céus, o palanque está iluminado por tochas.

— A morte — clama Torquemada —, eles merecem a morte.

A multidão grita, chora, joga o que tem às mãos nos acusados. As ruas que levam à praça da matriz de Toledo estão repletas de barraquinhas de comida. Um vendedor anuncia merda de vaca ensacada. "Excelentes para atirar nos infiéis! Especial, das piores vacas da Espanha! Ajudem a cobrir de merda esses filhos da puta!"

Dezoito ex-seres se encolhem, dentro de uma gaiola de madeira. Vestem sambenitos, estão magros e sujos. Dedos quebrados. Muitos estão deitados, colunas e articulações arrebentadas pela roda. Marcas de queimaduras em todo corpo. Todos confessaram seus crimes. Aquele Moisés, quem diria, tem noventa e oito anos, é réu assumido de dessacralizar o campo santo da cidade, comia suas namoradas sobre túmulos veneráveis dos antigos cristãos. Aquela velhinha de ar idiota não passa de uma bruxa, nas noites de sábado voava sobre a cidade, mijava nas cisternas e poços, os crentes pensavam que era chuva, espalhava a peste negra, contou tudo quando apertada nas tenazes, aquele outro negou a santíssima trindade, mas falou feito um curió quando lhe esmagaram uma bola do saco, vejam só! Os guardas se afastam rindo. "Acerta essa pontaria, dona!"

Os condenados são amarrados em estacas. O fogo é aceso. Berros de dor atravessam o ar, quando as chamas lambem os pés de uma velha. Grita, sua puta, Cristo também gritou! Os corpos crepitam, ouve-se o estalar de crânios rachando. Mãe, compra um churrasco para mim?, daqui a pouco, filho, deixa mamãe ver essa bruxa queimar.

— Devemos ter fé, esta vida é apenas a passagem para outra.

Uma paralítica estremece, é levantada, seu marido com o olhar brilhante, ele afasta a cadeira de rodas, em volta todos gritam: "milagre!, milagre!", elevam os braços para cima, ela ensaia um passo e desaba de cara no chão.

— É a fé na vida futura!

— ...na vida futura.

A multidão repete. A fé no amor. Os ecos reboam contra as paredes.

— É a fé na esperança!

— ...na esperança.

Estou com fome, mamita, já filho, vamos só ver essa menina acabar de morrer. Como demora!

— Vejam como resistem ao fogo sagrado! Não são gente como nós! — murmura Torquemada.

— Você não conhece o cianureto — diz Hitler, em seu ouvido —, muito mais eficaz.

— Acredito, mas perde-se o som dos crânios estourando. O povo adora ouvir ritmos novos, é preciso satisfazê-lo.

— Bom mesmo era o óleo de rícino — ri Mussolini —, morrer cagando! Um delírio romano!

— Vocês nunca viram as pessoas queimarem com napalm! — afirma o coronel Joe.

— Ridículo — rosna Stálin —, nada há que se compare a ver tombar meia dúzia de imbecis, mandados matar por motivos sabidamente idiotas, e ouvi-los gritar vivas a meu nome! É a glória! Onde vamos jantar? Eu trouxe um maravilhoso vinho da Geórgia.

Sobe uma fumaça fedida, mistura de gordura humana com merda de vaca. As piores da Espanha, grita o vendedor, aproveitem que ainda tem uma viva.

O último crânio faz "ploc". Todos aplaudem. Quando será o próximo espetáculo? Problema, quase não há mais infiéis na cidade! A comitiva se retira, nobres na frente, em seguida as autoridades, o baixo clero, o alto clero, os representantes das classes comerciais.

Vem, coração, vamos comprar teu churrasquinho, que bom, mami, não agüentava mais, pede para o moço um pedaço com gordurinha na ponta.

Ordenadamente, as carroças partem. Em seguida, a burguesia esclarecida, representantes das classes produtoras e comerciais, o clero. As vacas cagam.

Meu Ursinho de Pelúcia

— Preciso partir, meu amor.
— Leve-me com você. Por favor...
— Não é possível, você sabe. Adeus, voltarei! Sempre, sempre, voltarei.
Eles se beijam. Um beijo cheio de desejo, toda a fúria da despedida, o último beijo. A câmara se afasta, aparece a velha ponte, onde estão os amantes.
(As luzes se apagam aos poucos, antes piscando como fogos de artifício, o luar surge por todos os lados, um efeito nunca visto.)
Corta!, grita o diretor, sensacional, quase chorei. Maravilhoso, parabéns.
Todos aplaudimos. Que cena! Que representação! Que mulher!
Acompanhei Miriam Paloma desde a cena inicial de seu

primeiro filme. Acho que nunca fiz tão bem o meu trabalho. Iluminar, jogar luzes, lançar sombras, meios-tons, simular a palidez das velas e do luar. Foi até fácil, fazia as coisas em função dela, para ela. Seus ombros nus, com reflexos violetas, seus lábios cheios e sensuais de adolescente brilhando contra um fundo negro.

Amo essa mulher! Sem qualquer possibilidade de aproximação, claro. Ela vive em outro mundo. Sob as luzes. Desejada por milhões. Invejada. Sedutora, cada movimento seu, bem...

Ela me cumprimenta de longe, um gesto com o polegar para cima.

Recolho cabos e holofotes, dou as ordens para o dia seguinte. Vou ao estacionamento e pego meu cãozinho, coitado, ficou preso numa corrente durante toda a tarde, sozinho. Ele pula sobre mim e me lambe, agradecido. Será que pensa que o abandono, a cada vez que saio?

Calma, Duque, vamos para casa. Esquecer daquele veterinário.

Meu cão começou, sem mais aquela, a se esfregar nos sapatos das visitas, na vassoura, no aspirador de pó. Minha faxineira ficou constrangidíssima. Vestia tênis quando trabalhava, mas parece que alguma coisa neles provocava ereções no cão. Sugeri que usasse chinelos.

Como se explica esse fato, doutor, perguntei ao veterinário.

Um tipo de fetichismo, respondeu, comportamento comum e normal até em humanos. Na verdade, existe em todo reino animal, uma associação, em nível profundo, de alguma coisa, um objeto, um cheiro, que estimula a libido, não é ainda um ato sexual, mas, um simulacro, o cãozinho tem seis meses, próximo da maturidade sexual. Ele está bem, sem nenhum sinal de doença.

Mas, nunca ouvi falar nisso. Duque é jovem. Saudável, brincalhão.

Andamos, eu e o cão. Ele puxa a guia, quer cheirar todas as latas de lixo, todos os cantos da rua. É possível tal grau de malícia, penso, atribuir a uma brincadeira de um animalzinho um nome desses? E ainda me contar que, para ele, doutor, o cheiro da cera de assoalho é afrodisíaco, pois sua iniciação sexual se deu num vão de escada recentemente encerado? O que as pessoas têm na cabeça? Ato sexual! Num cãozinho? Ele falava com a boca cheia, cheio de saber. É repugnante, uma distorção. Quantos anos estudou para dizer uma bobagem dessas? Um bichinho lindo, só quer brincar. Que loucura!

Chego em casa, solto-o no quintal, providencio água e comida para ele. Também para mim.

Ligo a televisão. Miriam Paloma dá uma entrevista falando sobre o filme, elogia o diretor, um jovem sorridente, que está a seu lado. Agradece ao trabalho dos câmaras, do roteirista, dos músicos, da figurinista, fico ansioso, mas, nem uma palavra sobre a iluminação.

Se ela soubesse por que seus olhos brilhavam tanto nas cenas de amor! Usei um refletor que acompanhava cada piscada de seus olhos. Filtros espectrais. Agora, as notícias de sempre, um terremoto, atentados terroristas, seqüestro, roubos, alguém morreu dentro de um hospital de anemia aguda por falta de cuidados, oito mendigos foram incendiados enquanto dormiam, um médico com sorriso de jacaré demonstra uma nova prótese peniana, qualquer tamanho que o cliente deseje. Um anormal. Que mundo é esse, afinal?

Fecho os olhos e, sem mais aquela, aparece a figura de meu ursinho de pelúcia, meu amiguinho de infância, eu o chamava de Bebé, recusava-me a dormir sem ele. Um bichinho marrom e branco, com olhos verdes de bolinha de gude. Desapareceu em alguma mudança, lembro-me que não conseguia adormecer, tanta falta sentia dele. Até que mamãe me deu um boneco de plástico, desses de encher de ar.

Vou dar uma olhada no Duque, antes de deitar. Está sossegado, língua de fora, parece uma esfinge, a barriga colada contra o chão frio. Fetichismo!

Vou ao meu quarto e abro a gaveta da cômoda.

Ela está lá.

Eu a insuflo com cuidado e vagar, é lindo ver como adquire forma. Cresce no espaço, ocupa um lugar. A boca se enche, aparência carnuda. Um pacote dobrado cabe sob a pasta de documentos e, no entanto... ouço o som de ar escapando, ela desaba.

Está furada!

Vou ter de dormir sozinho, outra vez! Bem, Miriam, até amanhã, prometo te levar ao borracheiro, o furo é pequeno. Será que foi por uma mordida?

Lena

Curso médico, primeiro ano, anatomia. Não importa como as coisas funcionavam. Apenas como eram. "Este é o ligamento redondo. Vai do acetábulo ao..." Para nós, estudantes, era uma estrutura idiota que unia o nada ao nada, só servia para cair em alguma prova.

O dia era passado entre cadáveres formolizados. Tanques enormes ladeavam o salão, continham corpos inteiros e as chamadas "peças": um braço, uma perna, um pescoço. Uma cabeça ou um par de ovários. As aulas eram um suplício. O professor – meu primeiro contato com a entidade designada como catedrático – olhava-nos com desdém. Nobre e rotundo paulista de quatrocentos anos, abominava os filhos de imigrantes, quase metade da classe. Na primeira aula, leu, aparentando desagrado, a lista dos alunos e fez uma peroração em defesa do *numerus clausus*. Por que tantos italianos e judeus, nesta sala?

Estão roubando o lugar dos verdadeiros brasileiros! Daqui a pouco terei de dar meu curso em japonês ou em árabe. O professor-catedrático conseguia falar sobre coisíssima alguma durante quatro horas seguidas. Ao final, espocavam os aplausos de seus assistentes, autêntica coleção de puxa-sacos e lambe-bundas. Muitos ficaram famosos e se consagraram como eméritos doutores da alta, baixa e média burguesia da São Paulo.

À noite, eu me encontrava com Lena.

Quente, irradiava calor, tesão e demais ondas invisíveis e visíveis do espectro amoroso. Morava num elegante apartamento, seu dormitório decorado com reproduções de Van Gogh, Rembrandt e Monet, recortadas de calendários dos anos anteriores, penduradas entre fotografias de astros de cinema.

De dia, anatomia. As velhas mesas de mármore tinham canaletas e pingadeiras por onde o formol escorria para um balde. Num canto da sala, havia um estrado onde se assentavam o professor ou seus assistentes. Grupos de cinco alunos dissecávamos as peças. Sala fria e mal ventilada, o formol evaporava e penetrava na pele e nos olhos. Seu cheiro nos acompanhava por toda parte, aparecia nas saladas e nas roupas. Sentávamos em banquinhos de madeira sem encosto para a maratona de todos os dias: sistema ósteo-articular, artérias, veias, músculos.

Os cadáveres eram pardos. Objetos envelhecidos e opacos. Enrijeciam-se em posições bizarras. Um braço esticado, uma perna fletida. Olhos e bocas semi-abertas. Empilhados, num cardume anárquico.

Os livros de texto eram codificados: os ossos em branco; os músculos em marrom, as artérias em vermelho e as veias em azul.

Para efeitos de descrição, tudo era reduzido a mais simples das geometrias: as artérias são cilindros, com três túnicas. O tórax pode ser melhor estudado considerando-o como um trapézio achatado; o cubóide, ossículo do carpo, evidentemente é semelhante a um cubo, com peculiares acidentes na superfície anterior, onde se articula com o...

O discurso dos nomes. Vagina quer dizer bainha! Poesia de um anatomista de nome esquecido! Mundo de raízes latinas e gregas: o primeiro ossículo do punho é o escafóide ou navicular, pois é semelhante a um barco. Astrágalo, fíbula. Primeiro o impacto do nome e em seguida a coisa, a forma, a geometria. O prepúcio é uma túnica cilíndrica cônico-tubular com uma abertura distal circular na sua parte livre, continuando-se com a pele na proximal. Rapidamente tornou-se o apelido de um assistente. Ele tinha realmente um aspecto cônico-tubular. Entre nós, falávamos em *monsieur* Prépuce. Nele, a circuncisão seria feita no pescoço, por meio de um machado empunhado por um carrasco com máscara de cirurgião.

À noite, Lena. Desenhava com os dedos a trajetória das veias superficiais das suas belas e carnudas pernas, começando pelos tornozelos e subindo até a croça da grande safena, onde surgia um calor úmido e mágico. Ao primeiro toque, entrava em um mundo todo seu. Também minha lógica se desfazia. Naquelas coxas quentes e esguias, aprendi a sentir as pulsações da artéria femural. Ela se desmanchava e eu brincava de procurar mais detalhes anatômicos. Sistema ósteo-articular. O mesmo trajeto das veias. Mudava apenas o discurso. A mesma coisa com músculos e tendões, Aquiles, gêmeos, começava no grande dedo, os pés, depois os tornozelos, as coxas.

As inevitáveis brincadeiras: um pênis formolizado foi colocado na bolsa de uma colega. Desapareceu e comentávamos que ela se apaixonou por aquela "peça"! Não era raro se encontrar um dedo formolizado no bolso do avental e alguém planejou roubar um tronco, vesti-lo com uma camisa do glorioso e insuperável coringão e colocá-lo no colo da estátua de um índio, no centro da cidade.

As mamas! Fiquei atento pois iria repassar tudo com Lena em poucas horas. Desilusão! A aula foi dada pelo mais chato dos assistentes que conseguiu transformar a mais bela e poética das saliências num tronco de cone, "órgão par, produtor de leite em certos períodos da vida das portadoras, desde que submetidos aos estímulos hormonais adequados". À noite, tentei explicar à bela Lena, a anatomia das suas glândulas mamarias. Mas à menção da palavra glândula ela ficou tão repugnada que perdeu qualquer interesse nas cinco semanas que se seguiram.

Ansiava por uma dissertação sobre o umbigo, região semicavitária pela qual sempre tive particular apreço. Conhecia umbigos pequenos, grandes, escavados, planos, redondos e ovalados. A aula foi decepcionante, tal parte magnífica e tão importante do meu imaginário não passava de uma brecha na parede abdominal percorrida, na vida intra-uterina pela veia e pelas artérias umbilicais. As fantasias que forjei durante anos eram apenas e tão somente uma cicatriz!

Num curto espaço de tempo as coisas se banalizaram: todas as noites, precisava criar uma região nova para ser explorada. Meus conhecimentos não eram tão extensos, não passava de um estudante de primeiro ano, e Lena começou a bocejar quando eu fazia uma preleção, com manobras de palpação, sobre sua região inguinal. Na verdade, começou a se queixar.

"Todo mundo fala bunda; nádegas ainda passa. Mas massas glúteas! Bolsa escrotal? Claro que é saco! Por que vagina? Qualquer menininha sabe que é xoxota! Não tenho mamas, tenho seios!"

Certa noite passeávamos no Jardim da Luz, ela comunicou que iria se casar.

Fui a seu casamento. Lena estava linda e radiante! Foi carregada pelos ares numa cadeira pelos amigos e gargalhava feliz!! O sacerdote e o juiz de paz espiavam sobre seu generoso decote com olhares aprovadores, até mesmo lúbricos. O noivo era um sujeito simpático e usava suspensórios e um chapéu coco. Tinha uma nascente confecção de roupas íntimas e estava ganhando muito dinheiro. Confidenciou-me que Lena me apreciava muito e que todos seriam meus clientes, tão logo recebesse meu diploma.

Eu os observava dançando. Qual seria a nomenclatura erótica do casal? "Felicidades! Feitos um para o outro!" Será que ele tem noção da cauda da mama amaciando o pilar do grande peitoral? "Muitos filhos! Que vivam cento e vinte anos e que conheçam os bisnetos!" Ela tem lindas covinhas junto às sacroilíacas! "Parabéns!"

Após alguns meses, a senhora Lena e seu marido mudaram-se para outra cidade. Nunca mais os vi.

Sou formado há trinta anos e volto ao Departamento de Anatomia da Faculdade para rever certos assuntos.

Deparo-me com a mesma sala. O mesmo cheiro de formol. Grupos dissecando "peças". Uma jovem descompondo um jo-

vem descabelado, acusando-o de ter posto um pau no bolso do seu avental! Os outros riem!
    Onde estará Lena?

Isaura

— Quero o doutor H. — diz o travesti — imediatamente. Diga que é a Isaura.

A recepcionista sorri, ar de malícia.

Isaura é um sujeito com ar triste, sua dor é perceptível. Alto e encorpado com ombros largos, veste um vestido roxo e amassado, peruca loura fora do lugar, carrega uma bolsa elegante, usa sapatos de salto alto. A pintura do rosto está borrada, o rímel escorre pelas pálpebras, o batom faz um borrão em torno da boca.

São seis horas da manhã. O doutor H. vem bocejando e abotoando a camisa: — Outra vez, Isaura, o que você quer hoje? Isso é hora de me procurar? Por que não veio ao ambulatório, como todo mundo faz?

Isaura chora. — Quero falar em particular com o senhor, tenho vergonha desses estudantes. Anda com dificuldade, apóia as mãos no baixo ventre.

Eles adentram um consultório, para o exame, conhecem-se bem, penso. Após alguns minutos o doutor H. sai e ordena que o doente seja levado ao Centro Cirúrgico. Somos chamados em seguida.

Sexto ano médico, estágio de Pronto-Socorro.

Quando entramos, encontramos Isaura anestesiada, colocada em posição ginecológica.

— Este cavalheiro enfiou uma lâmpada no rabo — discursa o doutor H., sem qualquer rodeio, na mágica linguagem direta do pronto-socorro —, por movimentos antiperistálticos, ela subiu até o colo descendente. É necessário tirá-la e é o que vamos fazer. Se não sair por baixo, por via retal, sempre é possível operar por via abdominal. O que não pode acontecer é a lâmpada quebrar, seria um desastre. Nem sei como não se quebrou até agora. Observem bem, é um caso de exceção.

Ele inicia o ato operatório. Tenta, delicadamente, com vários instrumentos, longas pinças, a retirada da lâmpada. Fracasso. Cada vez ela se aloja mais alto. Após inúmeras tentativas, diz alguma coisa para um médico, que está a seu lado e que toma seu lugar. — Não acredito! —, ele murmura.

O médico introduz um fórceps reto adentro, manobra, mais por palpação que pelo visual, — agora! —, diz e introduz a outra colher. Começa a puxá-las, quando estão pareadas. Retira o instrumento, a lâmpada vem junto, íntegra. — 200 watts — comenta —, vá ter um rabo desse tamanho no diabo que o carregue.

O doutor H. nos apresenta o colega, é o chefe do turno da

obstetrícia. – Foi o parto mais inusitado da minha vida – diz –, como vamos chamar a criança?, faço questão de ser padrinho. Será que ela acende?

Às oito horas da manhã, passamos o plantão e vamos ao refeitório. Antes de qualquer pergunta, o doutor H. começa a contar.

– Certa noite, essa Isaura apareceu aqui com uma garrafa de cerveja introduzida no reto. Mal podia andar, aquela protuberância nos fundilhos... A garrafa não saía, quando era puxada, formava-se um mecanismo de vácuo, a abertura estava para cima. Após consultas e discussões, decidiu-se por furar o fundo da garrafa com uma broca e ela foi retirada com facilidade. Esse objeto está, até hoje, no meu consultório. Desde então, quando ela, ele, sei lá, me procura para resolver seus problemas, sabe quando estou de plantão, parece que escolhe esses dias para aprontar. Bom, até a semana que vem, preciso ir.

Seguiu-se, entre nós, uma discussão moralista.

– Vai ver que esse cara também é uma bichona! Viu como a Isaura só queria saber dele?

– E daí?, ele já havia tratado dela.

– Eu deixava o cara com a lâmpada lá mesmo. E ainda, acesa. Porque não enfiou uma de néon? Seria fácil de tirar.

Na visita aos leitos do pronto-socorro, revejo Isaura. Na sua papeleta, lê-se Antônio B., funcionário público, 28 anos. Senta-se no leito, veste um pijama vermelho cheio de bordados, faz a barba, em seguida pinta os lábios. Os doentes dos leitos vizinhos sorriem. Uma visita exclama: – É uma vergonha!

Três meses de estágio. Deu para entender que na prática, a teoria é outra. Uma sucessão de casualidades, o excepcional era a rotina. A primeira "cólica renal" que vi, apresentada por um professor que dissertou sobre a benignidade da doença, terminou em morte fulminante, pois se tratava de um aneurisma dissecante da aorta. Envenenamentos propositais e acidentais. Vivemos o folclore dos quadros clássicos: mulher andando com dificuldade, mãos apertando a barriga, lenço na cabeça, arrastando os pés com as meias caídas: prenhez ectópica! Moça envergonhada cobrindo o rosto com as mãos, com hemorragia genital e mãe zangada ao lado: abortamento provocado. – Mas como, sou virgem, doutor. Ah!, já sei, naquela sexta-feira, noite de lua cheia, pisei num sapo. – Esse senhor sapo era o responsável por todas as gestações indesejáveis das pretensas virgens da cidade.

A ficção é um brinquedo infantil perto da realidade.

Oferecemos, no último plantão, uma rodada de pizza para os médicos. Comemos, despedimo-nos, não houve tempo para conversar.

Penso muito naqueles médicos do pronto-socorro. Acho que apreendi a verdadeira medicina com eles, nos plantões. Nada era livresco, o doente chegava, uma solução surgia. Aqui e agora. Era gente de origem e formação diferentes. Alguns, entre um atendimento e outro, trancavam-se numa sala e estudavam, preparavam aulas e trabalhos. Outros conversavam, discutiam um filme ou um livro. Ou o último jogo do coringão. O doutor H., quando não estava atendendo, simplesmente desaparecia.

Levei muitos anos para entender sua postura, sua lógica, sua simplicidade perante os doentes. Descobri que ele simplesmente os atendia. Conversava. Sorria. Os doentes, os travestis, os malucos e os desesperados dessa vida o procuravam. Sabiam que seriam atendidos. Mais que isso, seriam compreendidos.

(Li, há poucos dias, em um noticiário policial, que o corpo de um travesti, uma bichona barbuda, nas palavras de um investigador de polícia, havia sido encontrado numa lixeira, no centro velho da cidade. Estava introduzido com as pernas voltadas para cima, emergindo das bordas da lata de lixo. Havia sinais de espancamento recente, gigantesco hematoma na órbita esquerda, um sapato de salto alto introduzido no reto. Trajava um velho vestido roxo. Os moradores de rua locais informaram que ele fazia seu mixê nos bairros da periferia e que atendia com o nome de Isaura.)

Irmã Dolores

Década de 60. O professor M. ia para um rápido congresso médico de fim de semana e me pediu que cuidasse de uma doente, na sua ausência. Era um caso extremamente grave. Fatal, para a época. Uma jovem de dezoito anos, com aplasia da medula óssea. Total.

Não fabricava mais sangue. Vivia de transfusões e medicação de suporte. A única e remota esperança era a de uma remissão espontânea, algo próximo de um milagre. O trabalho médico consistia em mantê-la viva. Estava com abscessos por toda parte, já que seus sistemas de proteção estavam em colapso. Certo, professor, estarei de plantão, cuido da moça, sábado e domingo.

Fui vê-la, depois do fim de turno de pronto-socorro. Você vai se surpreender, disse-me a irmã Dolores, responsável pela enfermaria de mulheres, uma tragédia medieval!

Peguei sua pasta e li: há quatro meses, após uma infecção gonocócica, foi medicada com um antibiótico, absolutamente inadequado e que provocou a aplasia da medula. Seguiam-se numerosos exames, consultas às várias clínicas, evolução, medicação. Só mantinha um nível razoável de hemoglobina quando recebia sangue, o que vinha acontecendo continuamente.

Adentrei a enfermaria e a encontrei semi-recostada sobre altos travesseiros. Pálida, exangue, pele marmórea, longos cabelos negros esparramados sobre o travesseiro. Bem cuidada, tinha os lábios e olhos pesadamente pintados. Vestia-se muito bem, eu diria que de maneira sensual para uma enfermaria, pijama e *negligé* transparentes. Era uma linda e sedutora mulher. Fumava de maneira provocante.

Mandaram o pintinho, soube que o galo viajou, disse-me, quando me apresentei. Eu a examinei, ela auxiliou, conhecia as manobras respiratórias, os decúbitos necessários.

Perdão, perguntei, como foi essa história da infecção gonocócica? Ela apenas sorriu, não quero mais falar sobre isso, está tudo escrito na minha pasta.

Enquanto eu providenciava uma transfusão, a irmã me contou. Moça de boa família, classe média. Foi para a cama com o namorado. Só por uma vez. Não foi uma boa experiência. Sua família soube e foi armado um escândalo. O pai a expulsou da casa. Apareceu um corrimento vaginal, sinais de infecção. A mãe a levou ao médico, que constatou infecção gonocócica. Falou para a mãe, sua filha está com gonorréia, não é possível doutor, isso jamais aconteceu na minha família. Não quero mais te ver, disse à filha, você jogou nosso nome na sarjeta. Ela voltou para a pensão onde se alojara e tomou o antibiótico que o médico receitou. Após algumas semanas, fraqueza, tonturas, palidez, emagrecimento.

Sua mãe havia sido cliente do professor M. e assim ela foi encaminhada para o hospital.

Encarei a irmã Dolores. Maravilhosa irmã, socióloga que tudo abandonou para entrar na vida religiosa. Ela sempre descobria os detalhes fundamentais. Abriu os braços, o hábito branco parecia uma pirâmide, quem pode entender uma coisa dessas?, disse, que espécie de pecado ela está pagando? Um segundo de prazer, apenas, pelo que ela me contou, nem isso. Queria conhecer seus pais, pensava que não existia mais gente assim. Que é isso, irmã, você tem que considerá-la como pecadora, provoquei, quieto, menininho, estou falando de uma mulher, respondeu.

Chamaram-me de madrugada. Para constatar o óbito.

A moça de *negligé* sensual estava morta. Não resistiu às infecções. Não tinha mais sangue próprio, só o transfundido. Abscessos por toda parte. Pálida, exangue, lábios pintados, entreabertos, os dentes brancos já opacos. Os longos cabelos negros esparramados sobre o travesseiro.

A Irmã Dolores estava a seu lado, ainda segurava as compressas frias que usara, para tentar baixar a temperatura. Chorava e sussurrava palavras de dor no ouvido do cadáver.

Foi enterrada como indigente, num túmulo anônimo na periferia de São Paulo.

Os pais não vieram retirar o corpo, os demais familiares, se existiam, também não se interessaram.

Burguesíadas.
Monólogos Esquizofrênicos

Burguês: classe social de transição entre o proletariado e a nobreza ou elite financeira.

Esquecendo-se da primeira e, não fazendo parte da última, a burguesia desenvolveu atitudes e hábitos surpreendentes, usualmente imitando o que consegue captar do comportamento da classe "superior" à sua. Quando emerge de sua origem, proletariado ou lúmpen, a modificação mais óbvia observada no neoburguês é a digestiva.

Mesmo esfomeado, ingere refeições minguadas e de custo elevado em restaurantes da moda, não com intuitos de saciar o apetite, mas para ser visto comendo. Tal como faz a elite.

O ato de comer, antes coisa essencial para repor a energia gasta no duro trabalho braçal, ganha conotação socioeconômica, passa a ser exibição de bom gosto, onde é possível mostrar como se assentar com as costas eretas e postura elegante, manejar talheres de forma adequada, como limpar os cantos da boca com categoria e desenvoltura. Da pratada de arroz com feijão temperado com banha de porco e pedaços de lingüiça e ovo cozido, comida com fúria, quem desprezaria um quitute maravilhoso como este?, o ser ascendente, abruptamente, adquire especializados conhecimentos gastronômicos e afirma que o vinho branco resfriado deve acompanhar o peixe, salmão ou outro prato, desde que marítimo. Não mais cerveja choca com sardinha frita em óleo queimado e rançoso. Vinho tinto acompanha as carnes, agora picanha e filé, adeus ao nojento bofe, e entre um e outro prato, uma taça de sorvete de limão, tal como procede a elite banqueira gálica. Arrotar em público, ato delicioso que além de ruidosa manifestação de prazer visceral, desopila o estufamento gástrico, nunca mais. Não fica bem! Pena de ostracismo, mesmo para o arroto fisiológico ou não intencional. Não apoiar os cotovelos na mesa; empunhar o garfo com a mão esquerda, a faca com a direita. Palitar os dentes com discrição, a fenda labial recoberta com uma das mãos, os vizinhos não assistirão a retirada dos detritos.

Nem só das proteínas, carboidratos e gorduras vive a burguesia. As artes ocupam importante papel no seu dia a dia. O insigne ente canoro Cagarotti, quando se apresentou na cidade, jantou na companhia de membros seletos da burguesia paulista, que pagaram um monte de grana para contemplar o cantor deglutir enorme macarronada temperada com montes de alho e tomate amassado. O evento músico-digestivo foi assunto das colunas sociais dos jornais que, entre fotografias das homéricas e cantantes garfadas, comentaram a beleza e o estado digestivo dos convivas pagantes: "Mme. Mafaldá Grand

Lèvres estava suntuosa, o colo enriquecido por colar avaliado em 50 000 dólares, presente de seu atual marido, o conhecido capitão da indústria, engenheiro Carlos Augusto Nogueira Pereira Oliveira Leitão Hadock Lobo Macieira, herdeiro das tradições musicais de sua mãe, paulistana da gema de 400 anos. Ao final, o tenor declarou que ficou surpreso com o gosto musical e culinário de seus colegas de mesa e que jamais imaginou encontrar nos trópicos público tão seleto e acolhedor. Pensava que aqui só existiam jacarés e cascavéis, declarou ao cronista. Para assistir o ato de descomer a homérica pratada – ou em termos chulos, para ser apreciado enquanto evacuava a dita refeição – o cantor pediu mil dólares por pessoa. Afinal, era um ato íntimo, que exigia treino e concentração. O cronista social narrou: "Apenas o casal Goldfortz pagou a taxa solicitada e o ser cantante, decepcionado com público tão reduzido, limitou-se a eliminar, aparentando desgosto e enfado, duas ou três síbalas e um flato insignificante não compatível com os ruídos produzidos pela laringe do tenor, após o que chutou e espatifou o bidê". Mme. Goldfortz exigiu o dinheiro de seu ingresso de volta e afirmou: "Até meu marido elimina ventosidades mais altas pela manhã! E ele não é cantor"!

Outras alterações são visíveis no neoburguês: a presença das roupas de grife, carros importados, complicados cortes de cabelo. Uso e abuso das lipoaspirações: o traseiro burguês deve acompanhar a moda. Remoções de rugas: a boa burguesa não envelhece na superfície. Internações em pseudoclínicas de emagrecimento. Freqüência ao Teatro Municipal. Opiniões definidas e formais. O burguês opina sobre tudo. Definitivamente.

A mente burguesa é esquizofrênica (K. Marx, "Les idiotes et le bourgeois", *Revue Française de Bestialogie*, XV, pp. 38-42, 1889). Funciona no sistema do duplipensar, com pensamentos aleatórios e completamente independentes.

A dissociação pensamento / fala é constante. O diálogo interburguês é perturbador, pois cada fala corresponde a dois pensamentos e cada pensamento pode originar mais de um discurso. O emissor diz algo que o receptor recebe da maneira que bem entender.

Uma cadeia louca: o sujeito fala o oposto do que pensa, o receptor recebe uma mensagem que sabe que não é real e a decodifica do jeito que lhe convém; quando responde, diz algo que não lhe ocorre, e seu interlocutor ouve o que quiser.

Os burgueses se entretêm em grupo. Desfalam, descomem e comem em conjunto. Após criteriosa seleção das companhias com gente do seu nível econômico, eles se juntam, dialogam e monologam.

Burguês Número 1

Ora, minha sogra está pouco se lixando para o marido. De vez em quando, telefona para a filha e anuncia, a voz repleta de felicidade: teu pai brochou de novo, o pinguelo dele parecia uma minhoca! Ela arranjou um namorado pela Internet, marcou um encontro, fomos buscar o tal no aeroporto, morava em Recife e não sabia andar em São Paulo, conheciam-se apenas por mensagens e fotos da telinha. Um sarro, mal o cara ("Jason a seu dispor") desembarcou, saíram logo se beijando, nunca tinham se cruzado antes, parecia a dupla mais íntima que já vi, senti até vergonha, pois as pessoas que passavam se admiravam de ver a velha, até que é bem enxuta, beijando um cara certamente uns vinte anos mais moço, muito bem apanhado e carregado de malas Louis Vutão. Então, se admiravam e seguiam adiante com um sorriso nos lábios por assistir cena tão amorosa, a velha se derretendo com um jovem. Pensei, o cara é um cafifa sem vergonha, vai querer explorar a grana da velha, pô!, a velha tem grana mas, nada disso, o cara é um engenheirão caixa-alta, bem empregado e com mestrado em Harvard, está mesmo é apaixonado pela velha. Pela imagem da Internet e, pelo jeito, também pela pessoa física. Ela ficou tão esticada depois da última plástica, a pele ficou tão esticadinha, que um movimento do braço repercute na perna, esquisito de ver, ela aperta a mão de alguém e a perna levanta, pois a pele puxa, até falei para a filha dela, está tão esticada que se piscar forte solta um pum, a menina ficou furiosa, está pensando que a minha mãe é o quê?, operou-se com o Ivo Pitangas, cirurgião das estrelas do cinema e não com esses brócolis remelentos que operam tua família. Saímos do aeroporto, fomos arranjar um quarto de hotel para o Jason, coisa fina no centro da cidade, ele queria ficar perto do movimento cultural, teatros, museus, aquelas coisas e ia aproveitar para conhecer o prédio da bolsa, tem uma grana aplicada lá e quer ver como funciona. No que entramos, a velha pôs a gente para fora do quarto, se trancou com o cara, só se escutava gemido de gozo, uma gritaria, minha mulher falou, putz, ela tem angina, é capaz de morrer, será que não esqueceu de levar o isordil? Nunca vi paixão igual! Não morreu nada, depois de três horas e meia saíram os dois, lampeiros, de roupa trocada. Ele tinha uns hematomas enormes no pescoço, nem sei como sobreviveu às mordidas. Fomos almoçar no Dinho's, ali no centrão, um tremendo churrasco, o cara comeu feito um boi, minha mulher sussurrava com a mãe, a velha revirava os olhos, embevecida, tinha sido fodida até o duodeno, mal podia ficar sentada, escutei ela falar para a filha, pô, meu rabo está ardendo, o cara tem um cacete de jegue das Alagoas, por que das Alagoas?, quis saber a filha, ora filha, é o jegue de maior pau que existe, com as bolas do saco arrastando pelo chão, todo mundo sabe. Comemos abacaxi de sobremesa, uma desgraça, fiquei com azia, fomos a um cinema, no largo do Arouche. A sogra escolheu um filme de sacanagem. Vamos, meus filhos, isso também é cultura. Filme *cult*, coisa moderna, linguagem direta e franca, nada dessas historinhas babacas de papi e mami de classe média, quando ele, terno escuro risca de giz, cabelos brancos nas têmporas, carregando pasta de executivo que é, volta do escritório num lindo e reluzente carro, alisa o cachorro, um *cocker* panaca e encontra mami na cozinha fazendo o jantar com amor e carinho, uma nojenta torta de cenouras cozidas com nabos, baixo teor de colesterol, sem sal, sem tempero nenhum, invento de algum médico sádico para baixar a pressão, enquanto assistem à televisão, ambos bebem um drinque e dão uma fodinha rápida no escuro, envergonhados com as dobras na barriga. Entramos no mafuá, Jason e a velha sentaram na última fileira, o filme começou, uma doideira, na primeira cena, um camelo enraba uma odalisca surpreendida abaixada enquanto recolhia tâmaras do chão; na cena seguinte, aparece o pai do camelo, um camelão zarolho, enorme, bravíssimo, dá uma surra no filho por seu péssimo comportamento, desculpa-se para a odalisca. Pára, exita, carrega a dama para o topo de uma palmeira, sobe em cima dela e a enraba, a palmeira se verga com o peso do casal e desaba na quente areia do deserto. A platéia grita e pede mais. Da última fila do cinema, onde os dois anjinhos se assentaram, ouviu-se um ruído de locomotiva, rítmico, apitos, sinos, eu me virei e contemplei a suruba coletiva mais descarada que já aconteceu na cidade, todos os ocupantes da fila metiam uns nos outros, faziam um círculo, ninguém queria ser o último, todos fodiam e eram fodidos. O baleiro entrou gritando balas, dropes, chocolate e foi puxado para o meio do rolo, alguém chamou o gerente, um velho prostático, quando ele viu aquilo, teve um ataque apopléctico e caiu lá mesmo mortinho da silva. Vou ter de passar o resto da minha vida fazendo banho de bidê com maizena, gemeu a velha, meu períneo virou canteiro de obras! O filme acabou, fomos jantar na Viera de Moraes, Jason comeu um churrasco com molho de pimenta, a velha exclamou, pô, ninguém se diverte aqui, vou é animar esta festa, chamou o garçom e pediu champanhe francês, bebeu no sapato do Jason. O cara calçava 48, um tremendo de um pé, a velha ficou de fogo na primeira sapatada. Aí ele falou, querida, vamos para o hotel estou ficando com tesão, vamos passar antes na farmácia, ela respondeu, vou comprar hypoglosse, vaselina, anestésico local e creme níves, meu rabo está em carne viva, meu cu ficou em frangalhos depois da cena do camelo, se foder sem proteção ficarei com fissuras e assaduras eternas. Eu falei para minha mulher, e agora?, ora vamos dormir, amanhã tem competição de natação dos meninos, tenho de fazer minhas unhas, pintar o cabelo de ruivo, passar na casa da costureira, ver o meu pai e pedir sua benção, amanhã é dia dos pais, aposto que você esqueceu, comprei um par de chinelos para ele, os que usa estão rotos.

(– Pois é! Minha sogra é difícil, comportamento imprevisível. A filha nem sabe mais o que fazer. Deve ter feito umas dez cirurgias plásticas. Reduziu e empinou os seios, esticou a pele da cara, amendoou os olhos. Freqüenta clubes da terceira idade, coisa de viúva, larga o marido em casa. Vai a bailes. Festas. Claro que minha mulher se preocupa. Bem que me disse, outro dia: já pensou se teus clientes souberem o que anda acontecendo? Nem quero pensar. Não estou aí para desafiar a sociedade que me sustenta. Estou pensando em entrar num desses grupos de cidadãos que defendem, por sua atuação exemplar, a moral e os bons costumes. O que custa ter um comportamento decente? Vou falar com minha sogra, dar uma dura. Quando essa gente começa a fofocar, não se sabe onde as coisas vão parar.)

Burguês Número 2

O velho me convidou para sócio, dei uma passada na fábrica e achei que era uma boa, o homem está velho, até meio carcomido, de vez em quando a memória falha e ele não fala coisa com coisa. Levou duas horas para colocar os óculos no lugar, as mãos tremiam. Me encheu o saco, falou que levou sessenta anos para realizar aquilo tudo, uma indústria de acessórios, quando começou, fabricava lanternas de carroça, imagine que os cavalos puxavam veículos com placas de licenciamento e lanternas, nem dá para acreditar num cavalo com luzes de ré. Ele evoluiu, surgiu a indústria automobilística, ele se adaptou, fabricava coisas lindas. Acha que não tem mais forças, está cansado, só fez trabalhar a vida inteira, casou três vezes, as mulheres morriam, acho que eram fracas, sorri. Estudei os papéis, estava tudo em ordem, era só tocar as coisas para frente, preciso de sangue novo, ele dizia a todo instante. Entrei com 60 000 dólares, minha parte, 50% do total, um nada para o tamanho da indústria, era tudo que eu tinha de reserva, senão punha mais ainda. Em um ano jogo o carcomido para fora e essa fábrica é minha! Trabalhei uns cinco meses direto, ia para casa de madrugada, minha mulher ficou feliz, eu vinha de umas experiências muito azaradas, uma casa lotérica falida, meu sócio, amigo de infância, me enfiou um belo nabo e uma loja de autopeças onde descobri que meu sócio negociava com peças roubadas, que fria!, quase fui preso como receptador. Trabalhamos, entrou uma graninha. Tive de pôr mais um capitalzinho para ter alguma coisa de giro. Aí, veio a bomba. Pedidos de protesto. Ameaças pelo telefone. Inquiri o velho, que é isso?, nada, respondeu, um probleminha de liquidez, resolvo já, não resolveu coisíssima alguma, saiu de férias, veio gente fazer cobranças, eu não estava entendendo nada, a firma foi para o brejo, pedi de volta meus sessentinhas, era tudo que eu tinha. Fui falar com um advogado, me explicou que, do ponto de vista legal, nada havia a ser feito. Meu, você entrou numa fria, esqueça e parta para outra, esses sessenta você nunca mais vai ver! O velho embolsou tudo. Falei com a prima da minha mulher, que é parente do velho, a coisa virou caso de família, onde já se viu essa pouca vergonha, somos parentes ou não? Alguém foi conversar com o velho, ele estava internado num hospital, insuficiência de qualquer coisa, sei lá, ficou rindo todo o tempo, disse que não conversava mais com um cara burro e vagabundo. O velho me chamou de vagabundo! Fiquei louco da vida, teve um jantar na minha casa, interpelei meu sogro, sogra, afinal, eles eram parentes do velho, meu sogro disse que a maior infelicidade da suas vida era assistir ao casamento da sua filha comigo, um incapaz, um cara tão estúpido que nem soube aproveitar a oportunidade de ficar com a indústria. Quis botar o cara para fora, minha mulher falou: se meu amado pai sair, saio junto, tive de me desculpar perante todo mundo, que merda! Esse pessoal me olha e eu fico com cara de banana amassada. Na saída, meu sogro ainda falou: passarinho que come pedra sabe o cu que tem. Boa noite, babaca!

(– Por que não aproveitar essa oportunidade? Não é toda hora que o senhor poderá comprar a Enciclopédia Britânica por esse preço. Sim eu facilito em cinco vezes. Ou o senhor prefere um romance realista? Tenho vários: "As confissões de uma lésbica amargurada", um clássico. Que tal "Comeram meu rabo no barril. Narrativa do descobrimento do Brasil, a história secreta de Cabral". Será que o senhor pode prender o cachorro? Eles me traumatizam. Um pastor comeu um pedaço da minha calça, tive de sair correndo. Pois não, então eu volto no mês que vem. Não, muito obrigado, tenho uns trocados para a condução. Ando em direção ao ponto de ônibus. Como pesam estes livros! Precisava chover bem agora? Maldito velho que me sacaneou!)

Burguês Número 3

Dança, sacode a barriga, marafona! Sem-vergonha! Como

tem coragem de rebolar assim, com essa idade, no casamento da irmã mais nova? Que vergonha, casamento sem ato religioso, vejo meu pai se revirando no túmulo, um cara tão tradicionalista, tão cumpridor do seu destino. A besta do animador anuncia uma dança do ventre, até eu fiquei curioso, coisa fora da programação e quem vejo? Miriam, minha filha mais velha, coberta de lantejoulas prateadas, oito véus transparentes, a vagabunda da Salomé usava só sete, a barriga e o traseiro de fora, as banhas e pregas se derramando pelo chão, putz, como gerei bunda tão feia e gordurosa? Vai à boca do palco, apresenta os músicos, um bando de gorilas tocadores de bongô. Estremece a barriga feito profissional de longo treino das zonas e lupanares da cidade! Contorce-se feito uma cobra histérica em pleno cio! Arranca aplausos dos convidados, os bocós ficam enlevados, nunca ouviram falar de tal dança, mal tinham ultrapassado o estágio do forró e do iê-iê-iê. Escuto comentários de tesão reprimido, como a vaquinha mexe, vem sacudir aqui em baixo, dá-lhe vaca velha, que tal uma chupetinha! Minha mulher sorri, enlevada, de orelha a orelha. Deve estar com inveja, a desgraçada sempre quis aparecer assim, mas nunca teve coragem. Contemplo essa festa, a quarta filha casando. Minha mulher aplaude, que lindo, que filha eu tenho, não sei onde enfiar a cara, contemplo a ponta do sapato do meu pé direito, é novo e já tem uma descascadinha.

Quatro filhas! Miriam, Raquel, Sara e Débora. Miriam — essa mesma que dança feito uma profissional, casou segundo o Livro, rabino ortodoxo, uma festa dos tempos antigos, salada, sopa, prato principal, sorvete, peixe, sobremesa e licores finos, tudo seguindo as normas da burguesia. Sinagoga reluzente de tantas velas. As mulheres em seu balcão, roupas suntuosas. O discurso do rabino invocou a sabedoria de meu pai, as virtudes domésticas da minha mãe, a origem na pequena cidade polonesa. Eu fui citado, bem como minha mulher, como exemplo de continuidade e honradez. O marido, desde o dia anterior, proprietário de um apartamento que eu lhe dei, emocionado, contemplava a noiva. Ela mesma, Miriam, estava pálida, assustada com o conúbio, perguntou para a mãe se a primeira noite era dolorosa. É possível, as meninas casavam virgens! O pai do noivo era um cara super-ortodoxo, estava de cartola, sua mulher de vestido até o chão, usava uma peruca caríssima. Raquel, a segunda, casou no religioso mas sem a mesma pompa. Sinagoga reformista. Tempos modernos, disse minha mulher. Vestiam vestidos decotadíssimos, viam-se seus umbigos. Rabino cabeludo, jeito de *hippie*. Sara, a terceira, casou-se numa cerimônia ecumênica... ainda bem que meu pai estava morto, senão teria um treco ao assistir a união de filha sem a benção de um rabino.

Débora, que vexame! Casar numa igreja? Precisava? Convertida! Abandonou tudo. Termina a dança do ventre. A marafona agradece ao público, com reverências lúbricas. Os gorilas a carregam nos ombros, ela sai enviando beijinhos.

Percebo que as famílias dos nubentes se encaram. Dois exércitos prontos para a luta. Do lado de lá, descendentes de calabreses e sicilianos se aquecem para a tarantela, limpam suas metralhadoras, fuzis, luparas, embalam baionetas, o maestro prometeu que seria sua a primeira música. Mal se inicia a tarantela, a pista de danças é invadida, todos pulam, uma velha se põe a chorar, perdeu a dentadura, o nono dá um salto e cai ao chão com fratura do quadril. A nona se lamenta. Meu genro carrega o avô para fora, é aplaudido. Que menino bom! O maestro ataca uma *hoira*, o lado judeu invade com fúria, rodam pelos ares, minha filha é atirada para cima, engancha o vestido no lustre, volta toda rasgada. Um italiano declama uma poesia, exaltando a cultura peninsular. Fala de ópera, das macarronadas, do papa. Um tio distante sobe numa cadeira e fala das glórias judaicas, do *guefilte fish*, acepipe que esses carcamanos jamais experimentaram, da pureza da mãe judia. A hostilidade é manifesta. Vai acontecer uma luta étnica. Italianos × Judeus. Cristãos × Anti-Cristos. Mediterrâneos do Norte × Mediterrâneos do Sul. O Arco de Vespasiano resplandecerá novamente em Roma. Judea captiva. A sala ferve de ódio. Antevejo uma tragédia. Afundo a cabeça no prato de sopa de aspargos tailandeses com creme de palmito e traços de beterraba, nem quero olhar. Ouço o som de um sonoro e violento tapa. De coices. Pontapés. Unhadas. Chaves de braço. Fraturas de traquéias e costelas. Crânios rachados. Mordidas. O sangue jorra pelas paredes, que desperdício.

Um pequeno desentendimento, diz o pai do noivo, coisas de família. Temos de nos acostumar, diz minha mulher, não podemos viver na casca para sempre.

"Saluti, compadre! *Lechaim*, carcamano!"

"Filhos da puta!"

(– É preciso evoluir, acompanhar as mudanças. Não sou um imigrante. Meus pais é que eram. Sou nativo. Claro, comendador, também sou contra esses saudosistas que têm medo das mudanças. É gente atrasada, lutam contra si mesmo e os filhos. Como? Ah, meu pai era um velho judeu... sim, sim, sempre foi um velho. Imagine se ia gastar um centavo para se divertir. Só sabia trabalhar. E guardar dinheiro. Trouxe a família inteira da Polônia para cá. Dizia que tinha de tirar essas pessoas das mãos de Hitler! Já pensou que paranóia? Ele se considerava o dono dos destinos pessoais. Bem, estou aí, estudei, formei-me médico, acabei comprando um hospital. Minhas filhas casaram-se muito bem. Com membros da nata da sociedade. Jamais seria possível meu sucesso se ficasse chafurdado na tradição. Por que me apegar à velharias?)

FIM

Título	Exílio: As Histórias da Grande Peste
Autor	Samuel Reibscheid
Produção editorial	Aline Sato
Projeto gráfico	Ricardo Assis
Capa	Marcelo Cipis (ilustração)
	Tomás Martins (arte-final)
Editoração eletrônica	Amanda E. de Almeida
Revisão	Aristóteles Angheben Predebon
Formato	14 x 21 cm
Tipologia	Lapidary
Número de páginas	176
Impressão e acabamento	Gráfica Vida e Consciência

CTP • Impressão • Acabamento
Com arquivos fornecidos pelo Editor

EDITORA e GRÁFICA
VIDA & CONSCIÊNCIA

R. Agostinho Gomes, 2312 • Ipiranga • SP
Fone/fax: (11) 6161-2739 / 6161-2670
e-mail:grafica@vidaeconsciencia.com.br
site: www.vidaeconsciencia.com.br